Eva Frieko

Mücken fliegen im Park

Auf vollkommene Art und Weise ist man zur rechten Zeit am rechten Platz.

Zeit ist nur ein Wort

viel mehr nicht – oder doch?

Du spielst mit ihr, willst sie überholen

Ab und zu mit ihr handeln später wieder

rückwärts drehen

was dir niemals gelingen kann, denn

Zeit ist endlos ohne Anfang ohne Ende

Wenn Mücken fliegen ist es Zeit, nach Hause
zu gehen

Das Rad des Schicksals dreht sich normalerweise langsam und gemächlich. Ein Zahnrad
greift ins Andere. Man trifft Menschen, denen
man irgendwann einmal begegnet ist wieder,
und stellt mit Erstaunen fest: Der ist ja mit
meiner Arbeitgeberin gut bekannt. Oder, selt-
samerweise ist er sogar Teil dieser Familie.
Die Begegnungen beginnen scheinbar rein zufällig. Man trifft sich auf Bahnhöfen, Flug-
plätzen oder im Park .Alles sieht aus, wie
ein Zufall. Aber in Wirklichkeit sind das die
Zahnräder die ineinander greifen. Immer schön
langsam, eins ins andere. Alles im unendli-
chen Universum ist vernetzt. Die EDV-
Netzwerke wie sie alle heißen mögen, haben

diese Verbindung erkannt und sind auch deshalb so erfolgreich.

Kritisch wird es, wenn sich das Rad plötzlich, ohne Grund, schneller zu drehen beginnt. Man versucht verzweifelt, dass alles wieder in die richtigen Bahnen kommt. Aber verflixt, es dreht sich immer schneller und schneller, und fürchtet den freien Fall nach unten und hofft doch bis zuletzt. Und hofft auf den rettenden Fallschirm, der ein Zerschmettern am Boden verhindert.

Und so begann sich das Schicksalsrad von Sabine Kaiser an einem unerträglich schwülen Juni-Morgen fast unbemerkt schneller zu drehen.

WENN MÜCKEN FLIEGEN

1.Kapitel

Sie will nicht aufwachen, ist müde nach einer drückend heißen, unruhig nach Schlaf suchend verbrachten Nacht. Schließlich haben sie noch eine Woche Urlaub, warum sollte man nicht bis Mittag im Bett bleiben können.

Aber das Telefon hört nicht auf zu klingeln, es will nicht still sein.

Werner gibt als erster auf. Er steht auf und meldet sich.

"Hallo guten Morgen" Der Anrufer will Sabine, das Büro ruft an. Nein nur nicht jetzt, mitten im Urlaub und so früh.

Sie geht verschlafen und verdrossen ins Parterre, was gibt es?

Es ist ihr langjähriger Bürokollege. Er sagt:

" Hallo wie geht es Dir?"

Sabine antwortet:" Ich glaube kaum, dass Du anrufst um mich nach meinem Befinden zu erkundigen, was brauchst du? "

Liegt es an ihrer Benommenheit oder klingt seine Stimme irgendwie fremd, weit weg.

Er sagt nur ein paar Worte: "Ich bin gekündigt worden"

Sie kann nicht antworten, kaltes Wasser ist über ihren Körper geschüttet. Sie friert.

Die Stunde X ist da. Zeit zu gehen.

"Warum?"

Diese Sabine Kaiser, eine mittelgroße blonde Frau, knapp über Vierzig, ein klein wenig rundlich, aber mit einem jungen frischen Gesicht, graublauen Augen, sonst immer mit einem Lächeln um den Mund, ist nun erstarrt und kann nur fragen-warum?

In Ihrem Kopf läuft der Sekundenablauf eines Films: Sie zeigen die vergangenen Jahre im Ziviltechnikerbüro die sie als Sekretärin begann.

Sie vervollständigte in Abendkursen ihre Ausbildung, erweiterte ihre Kenntnisse in Buchhaltung Sie bildete sich ständig weiter, besuchte jährlich Kurse in Steuer-Recht. Diese Sabine Kaiser ist seit fast zwanzig Jahren mit ihrem Werner verheiratet, sie haben eine gemeinsame Tochter.

Sie sieht ihren Kollegen Georg vor sich. Ein
Diplomingenieur , Mitte Vierzig korrekt,
fast penibel in seiner Arbeitsweise. Seit
15 Jahren ihr Kollege.

Jahre der Hochkonjunktur, es gab Prämien für
Leistungen, messbar oder nicht?

Sie alle das ganze Team von 10 Personen eine
verschworene Gemeinschaft Georg ein Teil der
Kette, die jetzt zerreißt, weil ein Glied davon entfernt wird.

Aus!

Sabine glaubt, der Boden wird ihr unter den
Füssen weggezogen. Arbeit - ein Lebensinhalt
ein großer Teil unseres Glücksgefühls, Wert-
maßstab unserer Gesellschaft unserer Exis-
tenzberechtigung.

Weshalb wird ein Teil davon ausgegliedert,
ausgegrenzt. Private Interessen stellen sich
plötzlich überdimensional in den Vordergrund.
Die Würfel sind gefallen.

Warum wurde das solide Unternehmen an solch
einen unfähigen Miesling verkauft?

Es ist schließlich sein Besitz .Er darf die
Angestellten wann immer es beliebt kündigen,
Da sind auch 15 Jahre kein Grund zur Treue,
wozu?

Kein Platz mehr in Zukunft für Menschen über
Vierzig? Zu teuer - nicht mehr flexibel -

nicht mehr brauchbar - Ein Wegwerf- Produkt
Mensch.

Warum hattet Ihr Partner der Hochkonjunktur,
Geld- und Arbeitgeber nicht für die richtige
Nachfolge in der Zukunft vorgesorgt? War die
Beurteilung des Käufers so oberflächlich, o-
der waren keine richtigen Interessenten da?
Keine Teilhaber wurden zugelassen, Gewinn zu
teilen war nicht vorgesehen.

Nicht heute und nicht morgen. Es wird ausge-
tauscht und verjüngt. Nur ist die Verjüngung
nicht eine Metamorphose ins Chaos?

Der Käufer des Architekturbüros wollte vom
Anfang an wie er sagte, frischen Wind in das
alte solide Unternehmen bringen. Herr Architekt Makesch, ein End-Dreißiger schuf bei
der Übernahme des Geschäftes vom Anfang an
eine gespannte Atmosphäre. Die Arbeitsvertei-
lung wurde komplett anders gestaltet. Alle
Kollegen murrten, bis auf einen, der sofort
mit dem Strom schwamm. Kollege Brauer drehte
sich wie ein Blatt im Wind und schleimte sich
beim neuen Chef ein. Woher dieser Makesch
kam, wusste keiner so genau, er war ein
Kärntner und hatte in einem Büro eines großen
Konzerns gearbeitet, die ihren Hauptsitz in
Osteuropa hatte. Mehr konnte man nicht in Erfahrung bringen. Und nun hatte dieser neue
Chef den ersten der langgedienten Angestellten an die Luft gesetzt!

Der Schock sitzt tief. Sabine findet kein tröstendes Wort passend für den Kollegen.

Sie fragt nur noch: "Und was tust Du dagegen?"

"Nichts"

Kein Platz mehr in Zukunft für uns. Was ist Zukunft in dieser so viel Lebenszeit geopferten Arbeitswelt, ein schlechter Tausch.

Sie überlegt, was soll sie tun. Noch ist es nicht soweit. Erst wird Georg und seine 15 Jahre hochqualifizierte Arbeit - gut dotiert, aufgerechnet, hochgerechnet, abgerechnet.

Wer ist der Nächste der drankommt?

Arbeitsmangel, wie das klingt: Mangel an Arbeit an Aufträgen, an erhofftem Gewinn.

Rationalisieren heißt das neue Schlagwort.

Die Arbeitstage nach dem Urlaub ziehen sich. Ein fremdes Gefühl der Lustlosigkeit macht sich breit. Immer in Erwartung - wann wird ihr die "Henkersmahlzeit" gereicht.

Plötzlich werden Inserate wichtig und lesenswert.

Schwarze fette Lettern auffallend, lockend, finden sich in der Wochenendausgabe.

Sobald sie Zeit findet wird ein Bewerbungsschreiben verfasst. Handschriftlicher Lebenslauf, Kopien der Zeugnisse und mit der Abend-
post werden die Briefe, um sie rechtzeitig
befördert zu wissen, noch abgeschickt.

Ein erster Schritt ist getan. Sie lässt sich
nicht wegrationalisieren, austauschen, ausra-
dieren.

Die Ratten verlassen das sinkende Schiff.

Doch welche Alternative hatte sie?

Ihr Gatte Werner rechnete mit ihrem Zuver-
dienst für das Haushaltsbudget.

Auch wenn es nur halbtags war, eine Aufwer-
tung verhalf es auf jeden Fall. So konnte er
sich seine teuren Hobbys leisten.

Ihr Gatte kommt aus einer gut situierten,
bürgerlichen Familie.

Großvater und Vater waren Staatsbeamte. Der
Großvater sogar Nationalrats-Abgeordneter
seinerzeit in den" Anschluss Jahren".

In den Nachkriegsjahren votierte der Vater
zu einem Erz-Republikaner und wegen seiner
Anstellung beim Bezirksgericht wurde er auch
Gemeinderat. Zum Bürgermeister reichte es

nicht, weil er einen Sprachfehler hatte, auf Deutsch, er stotterte.

Die Schwiegermutter ging selbstverständlich wöchentlich zum Friseur, wo sie den neuesten Klatsch und Tratsch des Ortes erfuhr und auch ihr Wissen prompt weiter gab.

Es war natürlich die Schande, als ihr Söhnchen Werner mit Sabine ankam. Ihr geliebter Sohn, der studiert hätte und heute zumindest Rechtsanwalt wäre, wenn er diese Schlampe nicht geschwängert und aus Pflichtgefühl geheiratet hätte. In Wahrheit war er zu faul, um das Studium zu beenden.

So schmiss er das Studium hin, bevor er Sabine kannte und absolvierte rasch eine

Banklehre. Als HAK-Absolvent hatte er eine verkürzte Lehrzeit. Bei der Bank machte er mit Hilfe der Kontakte seiner Großeltern relativ rasch Karriere und war einer der jüngsten Filial-Leiter des Landes. Er war eine „gute Partie". Erfolgreich, sportlich und fesch, Hausbesitzer. Sein Paten-Großonkel hatte ihm sein Haus vererbt.

Die Familie von Sabine waren einfache Handwerker. Der Vater ein Maurer, die Mutter Hausfrau. Sie war die Älteste. Nach ihr folgten noch zwei Geschwister. Ein Bruder und eine Schwester. Sie war eine kluge fleißige Schülerin, aber bei dieser familiären Situa-

tion reichte es nicht für ein Studium. So
machte sie eine Lehre als Büro-Kauf-Frau.
Sie musste unbedingt einen Job finden, bevor
sie gekündigt wird. Am besten, sie fängt
gleich zur Sicherheit einige Bewerbungen an
verschiedene Firmen zu schreiben.

Wie viele Bewerbungen hat sie abgeschickt?
bei der 20. hört sie auf zu zählen, ohne eine
Antwort zu erhalten und doch, endlich ein
Schreiben, sie soll zu einem Vorstellungs-
Gespräch am Dienstag um 9 Uhr kommen.

Ein Planungsbüro will eine Sekretärin. Es ist
relativ einfach in der Stadt zur angegebenen
Adresse zu gelangen, es gibt sogar einen
Parkplatz. Sie wird freundlich von einem Mann
mittleren Alters im tadellosen Anzug begrüßt.
Der Chef persönlich, es ist ja ein kleines
Büro mit nur 18 Mitarbeitern.

Allerdings ist etwas beim Gespräch irritie-
rend, ist es das, dass er sie beim Setzen so
zufällig berührt, oder sind es seine Augen,
so stechend und dunkel, obwohl er so freundlich seine Fragen stellt. Er sieht gut aus,
aber sie will ja einen Job sonst nichts.

Plötzlich geht die Tür auf und das Verhalten
dieses Herrn ist wie ausgewechselt.

Er wird nervös und fahrig, springt auf und
stellt seine Frau vor und meint, eigentlich

wollte er ja sie nur entlasten, verabschiedet sich und verlässt den Raum.

Also wenn die Situation für Sabine nicht so
ernst wäre müsste sie über diesen Hampelmann
direkt lachen.

Aber ihre Aufmerksamkeit gilt jetzt der Dame,
die ihre Chefin werden sollte. Ein eisiger
Hauch geht von dieser Person aus. Sie war
hoch gewachsen, hatte aschgraues zu einem
Knoten gebundenes Haar, dezentes hellblaues
Kostüm.

Sie mustert Sabine mit ihren wasserblauen
hervorstehenden Augen von Kopf bis Fuß.

Sabine bekommt schweißnasse Hände verplap-
pert sich ein paar Mal und will es zwar nicht
wahrhaben und hofft doch noch dass sie einen
guten Eindruck hinterlässt. Sie wird bald
verabschiedet und geht.

Vielleicht erhält sie doch eine Zusage, sie
wünscht sich sosehr einen Arbeitsplatz, der
nicht wackelt.

Aber wird sie bei diesem eisigen Klima mit
vollem Einsatz wie bisher arbeiten können?

Sabine fährt ganz bedrückt nach Hause. Warum
sucht sie eine neue Anstellung, noch wurde
sie ja nicht gekündigt, noch darf sie täglich
ihre Pflicht erfüllen, aber wann ist sie
dran. Das will sie nicht erleben.

Sie muss ihren Anteil an den Lebenskosten dazuverdienen, die Zeiten sind hart.

Heute kocht sie schnell eine Pasta mit Knoblauch und Basilikum und gibt eine fertige Sauce darüber, schmeckt herrlich .Und die Sorgen verschiebt sie auf morgen. Zeit ist reif zur Veränderung. Zeit, welch dehnbarer Begriff, ist die Zeit doch dankbar dass man sie annimmt wie sie ist.

Zwei Wochen vergehen, da wird sie ganz unerwartet zu ihrem Chef, Herrn Makesch zitiert.

Er sitzt vor ihr in seinem bequemen Ledersessel, die Zigarre hat er sicher erst vor kurzem geraucht. Die Luft ist noch immer stickig von der Havanna. Sein kahlköpfiges Äußeres wirkte trotz tadellosem grauen Anzug und Krawatte bedrohlich.

Was ist denn los, denkt sie? ein Magengrimmen kann sie nicht verleugnen.

Er bietet ihr freundlich einen Platz an, da hilft auch das nette Getue nichts, denn was er sagt ist ein Schlag ins Gesicht.

"Wie lange sind Sie in diesem Büro beschäftigt Frau Kaiser? Ach, ja, es sind fast 20 Jahre. Sie haben sicher schon bemerkt, dass ich mit meiner Geschäftsübernahme eine ganz neue, junge Struktur in das Unternehmen bringe.

Ja, so Leid es uns tut, wir müssen unsere kaufmännische Abteilung außer Haus geben, weil es kostengünstiger ist, aus diesem Grund sind wir gezwungen auf Sie zu verzichten."

Zeit zum Aussortieren, ausrangieren. Ablaufdatum überschritten.

Oder Zeit der Veränderung?

Sie wagt es kaum, ihm in die Augen zu sehen, denn Tränen verschleiern ihren Blick. Das kann doch nicht sein, die Kehle ist wie zugeschnürt. Sie sagt nur:

„Wann ist mein letzter Arbeitstag?"

Er antwortet: „Zum Quartalsende, wie in Ihrem Arbeitsvertrag vereinbart wurde. Wir ersuchen Sie die Akten der Steuerberatungskanzlei ordnungsgemäß zu übergeben, danken für Ihre langjährige, treue Mitarbeit und werden Sie bei der kommenden Betriebsfeier auch gebührend ehren."

Na, das kann sie vor Freude kaum erwarten, welch ein Hohn, ein ehrenvoller Abgang wird für ihre geopferte Zeit gespendet.

Sie denkt an die ersten fünfzehn Jahre ihrer Tätigkeit bei ihrem Arbeitgeber Wörle. Sie hat in dieser Zeit sehr viel gelernt. Alle Geschäftsmethoden waren auf modernstem Standard. Von wegen verjüngt! Das Unternehmen des Herrn Dipl.-Ing. Wörle war einer der ers-

ten in der Steiermark, das einen Computer benutzte. Auch für die Buchführung gab es ein
PC-Programm. Damals gab es diese technischen
Unterstützungen eventuell im Rechenzentrum
Graz oder auf der Technischen Hochschule.
Private Firmen konnten das noch nicht finanzieren. Das Arbeitsklima insgesamt war wie
das in einer großen Familie. Täglich um zehn
Uhr versammelte sich die gesamte Belegschaft
beim großen Holztisch zur Besprechung zum
Kaffee. Alles wurde im Team besprochen und
neue Ideen ausgearbeitet. Sie denkt mit Weh-
mut an ihren früheren Arbeitgeber. Hatte man
einen Fehler gemacht, so war seine Reaktion
höchstens, dass er eine Augenbraue hob und
sagte: „Das nächste Mal richtig machen." Sie
sieht ihn vor sich, eine mittelgroße, ergrau-
te Gestalt mit sportlicher Figur trotz des
fortgeschrittenen Alters, meistens im hell-
blauen Hemd und einer Leinentrachtenjacke.
Diese Jacke war auch etwas zerknittert wie
sein furchiges Gesicht. Seine ruhige freundliche Ausstrahlung und die soziale Art be-
wirkten, dass seine Mannschaft für ihn sicher
durchs Feuer ging. Sein Nachfolger konnte
dieses Kapital, das er in seinen tüchtigen,
loyalen Mitarbeiter besaß nicht schätzen.

Warum hatte er gerade an diesem Zigarre rau-
chenden Miesling sein Geschäft samt seiner
Mannschaft verkauft? Der will verjüngen, rationalisieren, welch ein Hohn.

Vor fünf Jahren kam dieser Herr Makesch, der
sie nun an die Luft setzte als Architekt zu

ihnen. Alle Kollegen waren verunsichert, denn man ahnte, dass sich über ihren Köpfen etwas entschieden wurde. Mit der Übernahme der Leitung von Herrn Makesch fing das Unheil an.

Sie hing in der Luft.

Wie wird sie es Werner erklären, dass sie gekündigt wurde? Er, der überkorrekte Bankbeamte der es durch Fleiß und Ehrgeiz zum Abteilungsleiter der Bank-Filiale in Gratwein geschafft hat . Aber mit Hilfe seiner Großeltern deren Starthilfe man nicht vergessen durfte.   Seine krankhafte Überpünktlichkeit, nervt sie .Er wird es nicht verstehen, dass man auf sie verzichten kann. Er wird sie drängen, diese Kündigung anzufechten. Aber das will sie keinesfalls, denn sie sieht keine Chance auf Wiedereinstellung. Alles war gesetzeskonform.

Wenn auch moralisch sehr zweifelhaft.

Noch ist sie hoffnungsvoll, sie hat ja einige Bewerbungen geschrieben, weil sie ahnte, dass Herr Makesch das gesamte Personal austauschen wird. Hoffentlich kommt eine Antwort für zumindest ein Vorstellungsgespräch.

Sie ist schon jahrelang nach Graz gependelt. Natürlich wäre es angenehm in der Nähe Arbeit zu haben, doch auf dem Land ist es in ihrem Beruf nicht so einfach.

Ja, mit entsprechenden Beziehungen, wenn man die Schwester des Bürgermeisters kennt, oder

ein Partei-Mitglied ist, dann ist es egal wie
blöd man ist, aber ohne diese Sesselhelfer
geht es leider nicht .Trotzdem würde sie niemals ihren Schwiegervater um Hilfe bitten.
Noch bleibt eine Galgenfrist, die Kündi-
gungszeit. Bis dahin wird sie sicher längst
eine adäquate Anstellung gefunden haben.

Am nächsten Tag versucht sie den Schritt nach
vorn und ruft beim Computerkonzern an. Es ist
einer dieser vielen Hoffnungsadressen, und
sie ersucht um ein persönliches Gespräch. Etwas verunsichert wegen der frostigen Terminvereinbarung betritt sie etwas zu früh das
Gebäude. Es ist schmucklos, modern, Glas,
Stahl und Beton. Scheinwelt der Superlative.
Trotzdem ist sie froh, dem Personalchef ihre
Zeugnisse und Gehaltvorstellungen vortragen
zu können. Er ist mittelgroß, Mittfünfziger,
gemütlicher jovialer Typ. Etwas zu freundlich
sagt er. „Sie kommen sicher in die engere
Wahl, aber Sie müssen verstehen, dass wir außer Ihrer noch viele andere Bewerbungen erhalten haben. Sie werden von uns hören.“ Damit ist die Audienz beendet.

Sie erhält später nicht einmal eine Absage -
Nichts. Ganz zerknirscht verlässt sie das
Haus und geht ins nächste Kaffeehaus und
vergönnt sich eine riesige Portion Eis. Jo-
ghurt mit Ananas.

Noch ist sie hoffnungsvoll, sie ahnt nicht dass sie sich umsonst die Zeit für ein Angebot genommen hat.

Irgendwann wird schon der richtige Zeitpunkt kommen, aber zunächst beschließt sie ihrem Ehemann kein Wort von ihrem Schicksal zu erzählen. Sie schämt sich, fühlt sich nutzlos, wertlos. Sie hat ja noch sehr viel Arbeit für die Übergabe vor sich, also noch ist der Abgrund nicht erreicht.

Was kommt auf sie zu? Dunkelheit oder Zeit der Veränderung. Sie weiß es noch nicht.

Werner schlief neben ihr wie ein Bär, aber sie wälzte sich schlaflos von einer Seite zur anderen.

Heute musste sie endlich zum Arbeitsamt fahren und um Unterstützung ansuchen und ihre schlimme Situation klären. Sie hatte ihrem Ehemann noch immer nicht gesagt, dass sie arbeitslos war.

Sie schämte sich so sehr, außerdem ahnte sie seine Reaktion im Voraus und sie würde noch mehr von ihrer Selbstachtung verlieren.

Sie war froh, dass Werner so sehr mit sich selbst beschäftigt war, und sie gar nicht beachtete.

„Hast du ein frisches Hemd bereitgelegt? Wir haben heute Sitzung und ich muss mich im Büro nochmals umziehen." Solche und ähnliche Fragen war sie gewohnt.

„Selbstverständlich mein Liebling." war Sabines Antwort. „Auch dein wachsweiches Ei ist schon serviert. Du kommst heute wieder später?"

Ihr Gatte brummte irgendeine unverständliche Antwort, während er beim Kaffee die Zeitung mit den Börsennachrichten las.

Sabine fragt nicht nach, sondern war froh als er früher als sonst das Haus verließ.

Nun kann sie sich für den Amts-Gang vorbereiten.

Lebenslauf, Zeugnisse und das dunkelblaue Kostüm mit der weißen Bluse war heute sicher das Richtige,

Sie fährt mit dem Zug nach Graz, das Arbeitsamt ist ganz in der Nähe des Hauptbahnhofs.

Es war ihr „Gang nach Canossa", es war das erste Mal in ihrem Leben, sie hatte noch nie eine öffentliche Einrichtung um Unterstützung bemühen müssen.

Vor dem grauen Gebäude, ganz im Stil der Plattenbauwerke der Sechzigerjahre des vorigen Jahrhunderts lungerten einige dunkle Gestalten, Männer und Frauen mit Zigaretten und Bierdosen in der Hand.

Sie konnte sich nicht vorstellen, dass diese Menschen wirklich eine Arbeit wollten, oder waren sie nur hier um sich für das nächste Unterstützungs-Geld anzumelden?

Beim Vorbeigehen blies ihr eine von diesen traurigen Gestalten den Zigarettenhauch direkt ins Gesicht.

„Denkst du, wenn du dich so beeilst kommst du als erste dran? Die Arbeit läuft dir nicht davon. Vorausgesetzt die da oben wollen dir welche geben. haha"

Mit einem heiseren Huster gab ein Bierdosen-Trinker seinen Kommentar ab.

Haben diese Leute schon so schlechte Erfahrung gemacht?

Die Resignation dieser Menschen war körperlich spürbar, sie klammerte sich wie zäher Schleim an Sabines Haut. Hatten sie einmal Hoffnung und wurde diese im Laufe der Zeit zerstört?

Zwanzig Stufen wurden bis zur Drehtür gezählt, die Beine fühlten sich an als seien sie mit Betonmasse gefüllt. Jeder Schritt wurde zur Qual. Was war das für ein Haus?

Sabine schleppte sich bis zum Aufzug. Der knirschte und raunte vor Altersschwäche und es hatte den Anschein, als ob er jeden Moment für immer still stehen wollte.

Zuerst ging es nach unten. Geister stiegen zu und im nächsten Stockwerk wieder aus.

Ihr Beratungsbüro war im 5. Stock. Sämtliche Sessel waren besetzt.

Man musste eine Nummer ziehen, diese wurde über Lautsprecher aufgerufen, Momentan war es die Nummer 23 und Sabine zog die Nummer 66, nicht gerade ermutigend.

Ein kurzer Anflug von Humor ließ sie an die Route 66 in den USA denken, dort entlang zu fahren wäre jetzt sicher schöner.

Alle Wartenden, Männer und Frauen, die wie sie ihren Aufruf ersehnten, sahen irgendwie gleich aus. Alles Grau, Schwarz, Hängelider, tote Augen.

Ist das das Vorzimmer der Hölle?

Welche Verbrechen sind ihre Schuld zur Sühne?

Die Zeiger der Uhr und auch der Nummern Anzeiger tickten rückwärts, als würden sie vom bösen Geist gebremst.

Sabine wurde immer nervöser. Wenn so viele Arbeitssuchende vor ihr an der Reihe waren, blieb dann noch Hoffnung auf Arbeit?

Das Formular hatte sie längst ausgefüllt und sie las es immer wieder, um ja keine Zeile zu übersehen, oder das Kreuz nicht richtig gesetzt zu haben.

Als sie endlich aufgerufen wurde, fühlte sie sich leer und ausgehöhlt. Die Lippen brannten, wahrscheinlich meldete sich wegen dem Stress wieder eine Fieberblase.

Endlich darf sie eintreten. Hinter dem Schreibtisch sitzt eine Beamtin, ungefähr gleich alt wie sie, aber etwas zu stark geschminkt, pralle rote Lippen, üppiger Busen unter dem engen T-Shirt, die Haare fallen in die Stirn und das blaue Lidschattenauge sieht etwas gelangweilt in ihren PC während sie die Daten des Antragsformulars tippt sagt sie.

„Es wird schwer sein für Sie. Ihre Altersklasse muss bei den Gehaltsvorstellungen Abstriche machen."

Na toll, denkt Sabine, die Beamtin hat diese Sorgen ja nicht, sie ist unkündbar und hat automatische Gehaltsaufbesserung mindestens alle zwei Jahre.

„Ein Sägewerk sucht eine Urlaubsvertretung, dorthin könnte ich Sie vermitteln. Allerdings ist es etwas südlich von Graz, Sie müssten eine längere Anfahrtszeit in Kauf nehmen"

Welche Wahl hatte Sabine, sie musste das annehmen und für diese „Beratung" hatte sie drei Stunden gewartet.

Zuerst musste sie ins nächste Kaffeehaus ein Mineralwasser trinken und mit dem Zug nach Hause. Am Nachmittag wird sie beim Sägewerk anrufen um einen Vorstellungstermin zu vereinbaren.

Sie mag gar nicht daran denken, wie sie die Anfahrtszeit mit ihrer Arbeitszeit schaffen wird, ohne dass ihr Gatte die Arbeitsplatz-Veränderung bemerkt. Sie hatte sich ihm noch immer nicht anvertraut.

Werner kommt heute später, das war gut, so konnte sie viel erledigen, ohne ihn mit ihren Sorgen zu belästigen. Noch hatte Sabine ihrem Gatten kein Wort von ihrer Kündigung und vergeblichen Suche nach Arbeit gesagt. Ihrer Freundin Sofie hatte sie es erzählt, aber die konnte ihre Situation nicht verstehen, sie war Hausfrau mit zwei Kindern und einem liebevollen Gatten mit gut bezahltem Beamtengehalt. Sofie ist Sabines beste Freundin und auch moralische Stütze aber obwohl sie Sabine oft beschwor, sich nicht von ihrem Werner so ausbeuten zu lassen, konnte sie nicht anders. Zuerst war es wegen ihrer gemeinsamen Tochter, da wollte sie keinen Streit und jetzt, hatte sie sich daran gewöhnt.

Ihre Freundin Sofie wohnte mit ihrer Familie eine Straße weiter in einem schönen Zweifamilienhaus.

Sie hatte auch ihre Schwiegereltern zu betreuen, also war sie ausgefüllt mit Arbeit und Pflichten.

Sabine war ihr wirklich dankbar, dass sie trotzdem immer wieder für sie Zeit fand,

So auch heute. Es gab je eine Tasse Kaffee für beide Frauen und den frisch gebackenen Apfelstrudel. Das war ein Seelentröster für Sabine. Sie hatte für morgen um 9 Uhr ein Vorstellungsgespräch beim Sägewerk in Feldkirchen bei Graz. Hoffentlich klappte es, denn sie könnte sofort ihre Arbeit antreten. Leider war es nur eine Urlaubsvertretung für drei Wochen, aber kommt Zeit kommt Rat, nur nicht an übermorgen denken.

Ihre Tochter Sabine studiert in Wien, hat ein Stipendium, aber sie war trotzdem auf die Gelder der Eltern angewiesen. So war es dringend nötig, dass auch Sabine wieder ihren Beitrag leisten konnte.

Am nächsten Tag war das Frühstück eine Tortur, Werner ließ sich Zeit und bedienen.

Sie erreichte nur im Laufschritt den Zug nach Graz und den Anschluss nach Feldkirchen.

Das gemeinsame Auto war heute für den Ehemann reserviert, denn er musste ja dringend zu seinem wöchentlichen Tennis-Training. Meistens benutzte Sabine die Öffentlichen Verkehrsmittel, das war sie gewohnt. Zum Glück war ihre bisherige Bürostelle günstig gelegen. Leider war das nun Geschichte. Ihr letzter Arbeitstag mit den vertrauten Kollegen war sehr schmerzhaft für sie. Sie waren eine

verschworene Gemeinschaft, die sich Schritt
für Schritt auflöste. Daran dachte sie, als
sie zehn Minuten vor Neun Uhr mit Herzklopfen
das Gebäude betrat. Neben der riesigen Fer-
tigungshalle sah es fast winzig aus. Sie hatte sich informiert, Maier-Holz war ein Begriff für erstklassige Herstellung von Spezi-
al-Hölzern, sogar für Yachten hatten sie sich
in der Branche einen Namen gemacht.

Die Glastür, gerahmt mit edlem Lärchenholz,
schob sich leise zur Seite und ein modernes,
helles Empfangsbüro war der erste Eindruck
Dieser wurde von einer jungen, blondgelockten
Sekretärin die sich freundlich nach Sabines
Wünschen erkundigte noch zusätzlich aufge-
wertet.

Dieses Mädchen war sehr sympathisch und Sabines Spannung ließ ein wenig nach. Sie wurde
durch ein Großraum-Büro zur Chef-Etage begleitet. Sieben Augenpaare verfolgten sie mit
offener Neugier, obwohl sie sehr höflich ihren Gruß erwiderten. Trotzdem war es ein Gefühl wie beim Nacktscanner am Flughafen.

Im holzgetäfelten Chef-Zimmer saß hinter dem
großen Schreibtisch ein Herr mit rundem Gesicht, sympathischen Lachfalten, graumeliertem Haar. Auch seine Gestalt ließ keinen
Zweifel aufkommen, er ist ein Genießer. Herr
Maier, es war also der Besitzer dieser Firma
bot Sabine ihm gegenüber den Platz an.

Sie wurde ganz ruhig, denn dieser Mann mit dem Trachtenhemd, das er aufgekrempelt hatte, wirkte unheimlich sympathisch.

Sie legte das Bewerbungsschreiben und auch ihre Zeugnisse vor. Er warf nur einen kurzen Blick auf die Papiere, blickte Sabine gerade in die Augen und sagte:

„Leider ist unser tüchtige Frau Sommer für drei Wochen auf Sonder-Urlaub, den sie aus familiären Gründen benötigt. Sie hat selbständig die Debitoren-BH geführt, trauen Sie sich das zu?"

Sabine antwortete. „Selbstverständlich, Herr Maier, bis vor kurzem wurde von mir allein die gesamte Buchhaltung der Firma bis zur Rohbilanz erledigt. Es war nur leider die Auftragslage meines bisherigen Dienstgebers schlecht, deshalb bin ich auf Arbeitssuche."

Dieser lächelte und sagte:

„Es gefällt mir, wie überzeugt Sie sind, versuchen wir es einmal diese Woche mit Ihnen, dann sehen wir weiter."

Herr Maier begleitete sie in das Großraumbüro und stellte sie den sieben Kolleginnen vor.

Eine Frau Pucher, die ihren Schreibtisch gegenüber ihrem zukünftigen Arbeitsplatzes hatte, sollte sie in die Programme usw. einweisen.

Der Chef verabschiedete sich mit einem kräftigen Händedruck und nun war sie allein mit sieben Hyänen.

Ihr erster Arbeitstag verlief sehr schwierig. Der Betrieb hatte komplett andere PC-Programme, die ihr gänzlich neu waren. Außerdem war die Erklärung von Frau Pucher auch sehr mangelhaft. Es war ihr offenbar nicht recht, eine neue Konkurrenz zu erhalten. Sabine erhielt ihre Akten direkt von Herrn Maier unterfertigt. Deshalb war sie auch öfter bei ihm im Büro. Als Sabine wieder einmal aus dem Chef-Büro kommt, wird sie von ihren Kolleginnen misstrauisch betrachtet. Sie hört, wie Frau Pucher nach rückwärts mit der Nachbarin tuschelt. –„Na die Neue haut sich mächtig ein beim Alten." Das versetzt ihr einen Stich im Herzen. Sie will ja nur arbeiten, sonst nichts. Sie will erklären, was sie mit Herrn Maier besprochen hat, aber als sie ihre Nachbarin anspricht, schaut diese sehr konzentriert in ihren PC und ist plötzlich sehr beschäftigt. So verschiebt Sabine diese Erklärung auf später und erledigt auch ihre Briefe.

Sie faltet sie ordentlich und legt sie versandfertig ins Postfach. Für heute ist ihre Dienstzeit zu Ende. Sie verabschiedet sich freundlich. Sie hat einen Vertrag für eine 20 Stunden-Woche, bisher war das derselbe. Sie nimmt sich vor, für den Einstand demnächst einen Kuchen zu backen und hofft bald nicht mehr so sehr gemobbt zu werden. Noch immer hat sie ihrem Werner nichts von ihrer schlimmen Situation erzählt. Er sieht sie wie früher täglich außer Haus gehen, er wird versorgt, alles andere interessiert ihn nicht. Außerdem hat er in letzter Zeit sehr oft Überstunden in der Bank zu leisten. Während der Heimfahrt mit dem Zug hat sie Zeit, ihre Kolleginnen nochmals ins Gedächtnis zu rufen. An alle kann sie sich nicht erinnern. Zunächst ihre Nachbarin, Frau Pucher, die hat anscheinend das Kommando übernommen und will eine Mobbing-Crew gegen Sabine formieren. Aber warum?

Sie hat ja nur einen befristeten Vertrag. Diese Zeit will Sabine nützen eine Dauerstelle zu finden und vor allem geht es darum aktiv zu bleiben. Frau Pucher ist eine junge, dunkelhaarige auf sportlich gestylte Person, die wohl fürchtet ihre Vormachtstellung im Büro zu verlieren, etwas zu sehr von sich eingenommen. Das wäre Sabine alles egal, nur ist sie was den Arbeitsfluss betrifft von ihr abhängig. Denn sie schreibt die Ausgangs Rechnungen, und wenn diese nicht rechtzeitig an Sabine weitergeleitet werden bleibt sie wieder mit ihren Buchungen im Verzug. Sie muss versuchen so gut wie möglich mit ihr auszukommen.

Die netteste von allen ist die Lohnbuchhalterin. Eine Walküre mit langem roten Haar und sehr klarem Blick. Sie schaut mit ihren blaugrünen Augen einem direkt an und nicht weg, wie alle anderen. Diese waren entweder mit ihrem P C oder im Kaffee-Raum mit Frau Pucher zum Klatsch.

Zu Hause angekommen ist sie allein und kann das Essen vorbereiten. Die kleine Küche ist ihr Lieblingsraum, zwar nicht mehr zeitgemäß mit den hellen Schränken aus Kiefernholz, aber beständig. Am Abend besucht sie noch schnell ihre Freundin Sofie und erzählt ihr was sie erlebt hat. Sie ist zufrieden, vorerst wieder beschäftigt zu sein. Sofie fragt: „Hast du deinem Mann noch immer nichts von deiner Kündigung erzählt?"

„Nein, ich will erst einen passenden Zeitpunkt abwarten, er ist ja so sehr mit den Bankgeschäften gestresst, es wird schon einmal der richtige Augenblick dazu sein." Dieser kam aber nicht.

So vergingen die nächsten Tage ohne besondere Vorkommnisse. Sabine kleidete sich so dezent sie konnte, versorgte den Haushalt und nahm immer wieder Anlauf, um ihrem Ehemann von ihren Sorgen zu berichten. Die Arbeit an und für sich bereitete Sabine große Freude obwohl sie auch nur langsam weiter kam. schuld daran war ihre Nachbarin Frau Pucher. Sie hatte sie schon mit allen möglichen Tricks versucht zu bewegen ihr die nötigen Unterlagen weiter zu leiten, aber diese hat immer Wichtiges zu erledigen. So kam auch sie immer in Verzug, aber leider konnte sie es nicht ändern. Am kommenden Wochenende wollte sie ihren Werner mit einer Ausflugsfahrt ins Grüne überraschen.

Sie dachte, eine angenehme Atmosphäre wäre, wenn sie vielleicht eine kleine Wanderung um den See machen und anschließend in einem Wirtshaus ein Glas Wein tränken. Dann würde sie endlich den Mut aufbringen und erzählen, dass sie seit längerer Zeit arbeitslos ist.

Warum auch nicht? Sie sind doch schon 20 Jahre verheiratet. Aber bevor sie die Gelegenheit für eine Aussprache findet, möchte sie zum Friseur gehen.

Während sie krampfhaft überlegte, wie sie am besten ihre Sorgen in Worte fassen könnte, saß ihr Werner mit seinem Freund Peter beim Tennis-Café. Sie tranken ihren Pausen-Drink zwischen zwei Sätzen.

„Du Peter, was würdest du an meiner Stelle tun, ich habe meiner Freundin versprochen, am Samstag mit ihr am Oldtimer-Rennen mit zu machen, sie besitzt ja einen alten Mercedes Coupé, und nun will meine Frau mit mir eine Wanderung unternehmen."

Dieser überlegt ein wenig und sagt schließlich. „ Wenn du nicht mein bester Kumpel wärst, würde ich sagen du hast eine Midlife-Crisis, deine Freundin ist ja hübsch und jung und auf die Dauer wird sie dir wahrscheinlich zu anstrengend werden, so nebenbei, entweder – oder"

Werner ist fürs erste ein wenig verärgert, aber er weiß er kann sich auf Peter verlassen dieser ist ehrlich und hat ja recht. Aber bis jetzt war es nicht notwendig. Er hatte die Bequemlichkeit zu Hause und das Feuer bei seiner Freundin. Es ist wie eine Sucht, der er sich nicht entziehen konnte.

Die gemeinsame Tochter ist erwachsen, studiert in Wien, er ist viel zu potent und fit durch den Sport um zu Hause bei seiner faden, wenn auch braven Ehefrau zu verplempern.

„Peter, du hast noch immer nicht gesagt, wen ich von den Damen versetzen soll, leichter fällt mir Sabine, aber sie wird dann misstrauisch, ständig kann ich nicht dich als wichtige Geschäftsbesprechung vorschieben." Wenn Werner gewusst hätte, dass ihm diese Entscheidung in ein paar Monaten abgenommen wird.

Denn das Schicksalsrad der Familie Kaiser hatte sich ganz sanft zu drehen begonnen.

Noch haben es beide nicht richtig wahrgenommen. Denn während Sabine verzweifelt jeden Hoffnungsschimmer aufgriff, um eine gleichwertige Arbeitsstelle zu finden, hatte Werner nur die Sorge wie er seine Freundin befriedigen könnte.

Inzwischen war es Herbst geworden, und sie hatte noch immer keine Arbeit gefunden. Die Vertretungs-Stelle war vorbei, nun ging sie trotzdem täglich aus dem Haus und spielte ihrem Gatten die tüchtige fleißige Angestellte vor. Aber wie sollte das weitergehen? Ihr Budget für die täglichen Ausgaben war geschrumpft. Sie benötigte dringend Geld. Das Verhältnis zu ihrem Gatten war noch kälter geworden, sie traute sich einfach nicht, mit ihren Sorgen zu ihm zu gehen. Sie schämte sich.

Ihr Selbstvertrauen war auf ein Minus gesunken. Ihre Tochter Sabine benötigte ihr Studien-Geld. Sie fuhr täglich nach Graz, konnte sich aber nicht den ganzen Vormittag in der Bahnhofshalle aufhalten, nur um die Zeit bis zum Mittagszug abzuwarten. Denn für ihren Gatten hatte sie noch immer ihre Halbtags-Stelle wie seit zwanzig Jahren. Anfangs versuchte sie es öfter beim Arbeitsamt. Aber als sie den Beamten schon lästig und ungemütlich wurde, wagte sie auch dort nicht mehr hin. Den Vorschlag zur Umschulung hatte sie erst mal versaut. Denn sie wagte es, der Beamtin zu sagen, sie wolle nicht umgeschult werden, sondern in ihrem Beruf als Buchhalterin beschäftigt sein.

Eine Zeitungsannonce war vielleicht die Rettung: In dicker Schrift stand dort:

Kreditvergabe von 1.000 bis 10.000 Euro sofort - ohne Risiko. Sie rief sofort an.

„chommen sie in Büroo Grießplatz" sagte die
Telefonstimme. Na, ja, wenn auch gebrochen,
der Mann spricht deutsch. Sie fuhr zur angegebenen Adresse. Agentur Schnellkredit. Sie
musste damit über die Zeit kommen, bis sie
wieder regelmäßiges Gehalt erhielt. Sie hatte
bisher immer die täglichen Einkäufe und auch
100 Euro monatlich an das Konto ihrer Tochter
überwiesen. So konnte sie ihrer Familie ihre
Schande noch immer geheim halten. Wenn Sabine
wüsste dass das ein Teil der Schuldlast ist,
das ihr später als riesiger Zusatzballast
aufgebürdet wurde, wäre sie nicht zur angegebenen Adresse gefahren.

Aber so marschierte sie voller Optimismus in
das Büro der Agentur. Dieses bestand aus einem alten Schreibtisch, zwei Stühlen und einem PC der das Modernste in diesem Raum war.
Der Geldgeber der Agentur war ein Mann, ungefähr zwischen 40 und 50 Jahre alt. Dunkler
Schnurrbart und schwarze Haare, sie dachte
an den Filmschauspieler Omar Sharif, so ähnlich sah er aus. Er wirkte insgesamt auch
sehr gepflegt. Trotzdem hatte sie irgendwie
ein Angstgefühl.

„Sie unterschreeibeen diesen Verrtrag und Sie
holen Geld bei Bank ab, barrr"

Sabine schämte sich, dass sie den Vertrag gar
nicht durchlas, sondern einfach unterschrieb
und sogleich einen 10.000 Euro-Scheck in der
Hand hielt. Als Sicherheit verlangte dieser
Kreditgeber nur zu ihren eigenen die genauen
Daten ihres Gatten. Wenn ihr Werner, der

Bankmensch das erfährt, bringt er sie um, dachte Sabine. Aber für die nächsten Monate war sie ihre Sorge los. Sie löste den Scheck ein, zahlte das Geld auch sofort bei einer anderen Bank zugunsten ihres Kontos ein.

Während der nächsten Monate fuhr sie wie immer, täglich nach Graz, setzte sich in ein Café, las die Stellenangebote. Sie schrieb Bewerbungen, telefonierte, und wurde immer abgelehnt. Ihr Gatte ahnte noch immer nichts. Er war zu sehr mit seiner Freundin beschäftigt. Ihr Arbeitslosenzeit-Kontingent war bald aufgebraucht.

Sie saß wieder einmal im Café, als eine Anzeige in der Tageszeitung stand: Buchhalterin gesucht, Fleisch-und Wurstwarenfabrik am Stadtrand von Graz. Es war der Name einer Firma, die sie schon oft wegen der Auszeichnungen gehört hatte. Die erzeugten Produkte, die wegen ihrer guten Qualität bekannt sind und in allen Supermärkten angepriesen werden. Sie rief sofort an und erhielt auch einen Vorstellungstermin am nächsten Vormittag. Schon wieder hatte sie Hoffnung, dass sie endlich eine dauerhafte Anstellung in ihrem geliebten Beruf erhält.

Wie schon früher, ging ihr Gatte Werner aus dem Haus, ohne zu ahnen, dass seine Frau sich gleich danach besonders adrett anzog, und mit

klopfendem Herzen nach Graz fuhr. Die
Fleischfabrik war auch leicht zu finden, und
mit dem Bus eine gute Verbindung direkt von
Gratwein. Also wäre diese Stelle ideal für
sie.

Das graue Gebäude sah von außen aus, wie ein
Betonklotz eher wie eine Zementfabrik. Daneben befand sich ein altes Wohnhaus mit einer
Holztreppe die man erklimmen musste, um dem
Wegweiser Richtung Büro zu folgen. Als sie
oben ankam wurde sie auch schon von einer älteren Frau begrüßt, die einen weißen Arbeits-
Mantel trug. Sie stellte sich als Frau Singerl vor, die demnächst in Pension ginge. Deren Nachfolgerin sollte Sabine werden, falls
sie eingestellt würde. Drei weitere jüngere
Frauen arbeiteten jeweils vor ihrem PC, die
auf Tischen standen, uralte Schreibtische mit
Laden. Frau Singerl war ja auch recht nett,
aber sie wirkte ein wenig exotisch mit ihrem
weißen Arbeitsmantel, eher wie eine Ärztin.
„Der Chef kommt in ein paar Minuten, aber er
hat mich beauftragt, vorher mit Ihnen alles
zu besprechen." Sie führte Sabine zu ihrem
Arbeitsplatz, an dem sie in Zukunft sitzen
würde, falls die Wahl auf sie fiel. Ihr
Schreibtisch war überladen mit Akten und unerledigten Schriftstücken. Ein einziges Chaos. „Ja, es wartet sehr viel Arbeit auf Sie."
Frau Singerl hatte wahrscheinlich ihren ent-
setzten Blick gesehen. Da kam auch schon der
Chef herein, grüßte und bat Sabine in das Nebenzimmer zu kommen.

Er bot ihr Platz an und schaute ihre Zeugnisse durch.

„So lange Frau Singerl Sie einarbeitet, brauchen wir Sie nur vormittags, aber später könnten Sie auch ganztags arbeiten?"

„Selbstverständlich, denn ich habe eine erwachsene Tochter."

„Sie fangen morgen an."

Mit dieser Zusage hatte sie gar nicht gerechnet. Ganz verdattert stand sie auf und konnte nur ein leises „Danke, Sie werden mit mir zufrieden sein." hauchen.

Sie hatte ihren Arbeitgeber gar nicht richtig angeschaut, so schnell ging alles vor sich. Nur so viel, er war sehr groß und sehr schlank, hatte schwarze graumelierte lange Locken. Eigentlich wie ein Popsänger, nicht wie ein Fleischhauer.

Am nächsten Morgen war sie auch pünktlich bei der Arbeit. Es war gut, dass sie nur vormittags eingeteilt war, denn sie hatte ihrem Mann noch immer nichts gesagt. Das würde sie erst tun, wenn sie einen fixen Arbeitsvertrag hatte.

Durch diesen Berg an unerledigten Buchungen zu wühlen wie ein Maulwurf war auch ein Alptraum. Frau Singerl, die sie ablösen sollte, war leider keine große Hilfe. Im Gegenteil, sie versuchte mit allen möglichen Tricks ihre Fehler unter den Tisch zu kehren.

Eine Woche arbeitete sie schon, da machte sie eine Lade ihres Schreibtisches auf, um einige Notiz-Zettel und Schreibzeug zu lagern. Ach du Schreck, was war denn das? Mehrere Käfer, die sie bis dato noch nie gesehen hatte huschten hin und her.

Sie machte einen Schrei, da lachte eine Kollegin hinter ihr auf. „Das sind Kakerlaken, die gibt es hier überall, daran müssen Sie sich gewöhnen."

Um Gottes Willen, das ist eine Lebensmittelfabrik, die prämierte Würste erzeugt und da gibt es Kakerlaken?

Die Kollegin sagte, „was glaubst du warum er Vegetarier ist. Angeblich verträgt er keine Wurst wegen einer Magenkrankheit."

Das wurde ja immer schöner. Eines Tages war Frau Singerl am Vormittag bei der Bank und Sabine brauchte dringend eine Unterschrift vom Chef, also suchte sie ihn in der Fabrik nebenan. Sie musste sich durch etliche Arbeitstische durchschlängeln. Keiner dieser Arbeiter verstand nur ein Wort Deutsch, also dauerte es einige Zeit, bis sie ihren Arbeitgeber gefunden hatte. Riesige Fleischberge hingen von den Haken und lagerten auf den Tischen. Alles war dumpf und roch nach Blut. Sabine war froh ihren Chef gefunden zu haben, so durfte sie diesen Alptraum bald verlassen. Sabine war ganz unglücklich.

Obwohl sie dringend diese Stelle brauchte, aber mit diesen Bedingungen? Das ganze roch nach Schwindel und Betrug. Denn so viele Arbeiter, wie sie heute gesehen hatte, waren nicht in den Akten zu finden.

Was soll sie tun, sie kann nicht ihren Dienstgeber in den Rücken fallen, aber Missstände waren offensichtlich.

Das Schicksal nahm ihr diese Entscheidung ab. Denn sie hörte von den Kolleginnen munkeln, dass alles bald aufgelöst wird. Und so kam es auch. Zwei Tage, bevor sie Frau Singerls Platz endgültig antreten sollte, erhielt sie und auch ihre Kolleginnen die Kündigung, weil das Werk nach Kroatien umgesiedelt wird.

So schlimm es für ihre Lage war, sie war froh, ihrem Mann nichts von allem erzählt zu haben.

Allerdings war es einerlei, denn alles verselbständigte sich ohne ihr Zutun. Ihr Gatte hatte sich für eine andere Frau entschieden.

2. Kapitel

Sabine hat jetzt keine Arbeit, aber auch kein Zuhause mehr. Siebesitzt eine Eigentumswohnung, die sie nach ihrer Scheidung angezahlt hatte.

Sabine sitzt nun in ihrer kleinen Wohnung und starrt aus dem Fenster, alles ist grau, auch der Regen will nicht enden. Was ist das für ein Tag, auch in ihr ist es ähnlich düster. Ihre Freundin Sofie ist gerade gegangen. diese musste nach Hause, ihr Ehemann wartet und die Kinder kommen von der Schule, alle wollen versorgt sein.

Sie geht in die Küche um sich eine Tasse Tee zu kochen. Sie findet ihre Lieblingstasse nicht, denn das meiste ist ja noch in den Umzugskartons, es ist noch so viel auszupacken, aber sie hat einfach nicht die Kraft dazu. Die Scheidung und der Auszug aus dem Haus waren zu schmerzhaft. Zum Glück haben Freunde und ihre Tochter Sabine ihr geholfen. Die Gute kam extra aus Wien wo sie seit Beginn ihres Studiums lebt, nach Hause, um ihr zu helfen. Wohin ist Zeit der Liebe entschwunden, als Sabine noch ein Baby war. Sabine war eine junge Mutter, hatte keinerlei Erfahrung in der Liebe und war doch so glücklich mit ihrer kleinen Prinzessin und auch mit Werner ihrem Märchenprinzen den sie viel zu früh ihre Liebe geschenkt hat. Sie waren beide zu jung und entwickelten sich dann in verschiedene Richtungen.

Sie denkt an die letzten 20 Jahre, nun ist sie 42 und muss ganz neu beginnen.

Wann hat sich Werner von ihr entfremdet? Waren es die vielen Überstunden, die oder weil das Fitness-Studio jetzt Priorität hatte. Im Nachhinein weiß Sabine dass sie manches aus Gewohnheit übersehen hat.

Als sie eine Hotelrechnung in der Anzugtasche von Werner fand, dachte sie sich auch nichts dabei. Sie legte sie auf den Schreibtisch ohne genau hinzusehen. Werner musste häufig auf Geschäftsreisen. Erst seine Reaktion darauf machte sie hellhörig, als er sie anschrie „Was wühlst du in meinen Sachen, willst du mich kontrollieren!"

Daraufhin wurde sie aufmerksamer und als sie wieder eine Rechnung fand, ausgestellt auf Werner Kaiser und Katja Kaiser, stellte sie ihn zur Rede. Sie heißt nicht Katja sondern Sabine.

Die Reaktion war ein fürchterlicher Krach mit dem Ergebnis:

er behauptete, Sabine leide unter Verfolgungswahn. Sie sprachen kaum miteinander und

Werner verbrachte oft seine freien Abende irgendwo nur nicht zu Hause.

Bis dann der März-Tag vor einem halben Jahr alles veränderte.

Dies ist das Jahr der Sonnenstürme. Alle 11 Jahre prasseln diese so stark auf die Erde nieder, dass sie die Elektronik und Radaranlagen stören, warum sollte

das nicht Auswirkung auf den Menschen haben?

Sabine kam zu Mittag mit dem Einkauf nach Hause. Ihre Arbeitslosigkeit hatte ihr Ehemann noch immer nicht bemerkt, sie wäre froh, endlich eine Beschäftigung zu haben. Sie konnte nicht täglich außer Haus gehen und so tun, als arbeite sie noch immer im Büro wie seit 20 Jahren. Sie hatte noch nicht mit ihren Ehemann gesprochen. Während der Zeit, wo sie keinen Job hatte, verbrachte sie die Vormittage im Park.

Diese Tage waren fürchterlich für sie. Täglich fuhr sie pünktlich mit dem Zug nach Graz. Sie besorgte eine Zeitung und setzte sich in den nächst gelegenem Park am Bahnhof. Die spärlichen Annoncen suchten meistens Leute für das Gastgewerbe.

Sie wusste, für diesen Beruf war sie völlig ungeeignet. Zumindest glaubte sie zwei linke

Hände zu haben. Und wenn sie daran dachte
mehr als zwei Teller gleichzeitig tragen zu
müssen, hörte sie im Geiste das Porzellan
zerbrechen.

Immer wenn sie Hoffnung schöpfte, ein Steuerberater sucht Personal, war die Stelle meistens schon vergeben. Wahrscheinlich kaufen
andere die Abendzeitung.

Jedenfalls hatte sie zu dieser Zeit eine Ver-
tretungsstelle für vier Wochen gefunden.

Sie erinnerte sich wieder an diesen schreck-
lichen Tag, der alles noch schlimmer machen
sollte.

Sabine stellte ihre Einkaufstasche ab, wollte gerade die Tür aufschließen, da kam hinter
ihr eine junge Frau, elegant gekleidet,
höchstens 25 Jahre jung und sagte:

„Guten Tag, sind Sie Frau Sabine Kaiser?"
Sabine .antwortete: „Ich will nichts verkaufen, nur mit Ihnen sprechen, ich bin Katja,
es geht um Ihren Mann."

„Kommen Sie kurz herein, ich muss kochen, denn Werner kommt bald nach Hause". „Ich weiß", sagte sie, Und noch etwas. „ Ich erwarte ein Kind von ihm"

Kreidebleich sank Sabine auf den nächsten Stuhl und kann nur stammeln.

„Bitte setzen Sie sich, wir müssen sprechen, er kommt ja in 10 Minuten"

Dann fragt sie: „Wie lange sind Sie schon seine Freundin?"

Das Gegenüber antwortet. „Es sind fast zwei Jahre, er ist meine große Liebe und ich bin auch seine Einzige, ach er ist so wunderbar, so hilfsbereit, so sexy er ist mein Traum-Mann. Warum wollen Sie ihn nicht freigeben?"

So ein Feigling, dachte Sabine, er hat auch immer behauptet sie wäre die Einzige. Sie sollte ihn morgens sehen, wenn er griesgrämig die Zeitung liest, außerdem kann sie ihren angeblich so potenten Mann nicht so häufig spüren, und von Hilfsbereitschaft schon gar nichts.

Trotzdem war bis heute noch nie das Thema Trennung in seinen Worten. Sondern nur: „Liebling, heute hast du besonders gut gekocht." Oder, wenn er wieder einmal schlecht gelaunt war: „Warum kannst du nicht pünktlich um zwölf Uhr dreißig die Suppe servieren und mein Sport-Dress ist nicht frisch gewaschen." Aber nie ein Wort von Scheidung. Im Gegenteil, als sie ihn damals zur Rede stellte, wegen der Hotel-Rechnung, stritt er alles ab und sagte, die Rezeption hätte sich geirrt.

An diesem 11. März gab es kein Mittagessen. Nach 10 Minuten Schweigen zwischen den beiden Frauen ging die Tür auf und Werner kam herein.

„Hallo, was gibt es heute Gutes?" Dann sah er die beiden Frauen und wollte umdrehen und davonlaufen. Da sagte Sabine: „Bleib hier, wir haben etwas zu klären, ich habe eben erfahren, Du wirst wieder Vater."

Er setzte sich zu Ihnen, aber nicht auf die Seite von Sabine sondern neben Katja und kann nur stammeln. „Ach wirklich, das erfahre ich erst heute."

„Die Entscheidung ist gefallen", dachte Sabine, er setzt sich zu Katja, das sagt schon alles zu wen er hält. Tränenblind lief sie auf die Straße und nichts wie weg, wäre fast in ein Auto gelaufen.

Sie rannte als ob sie auf der Flucht wäre, bis sie müde auf eine Bank fiel.

Langsam kam sie zur Ruhe und überlegte, was sie tun sollte. Um ihren Mann zu kämpfen hätte keinen Sinn, er wird wieder Vater. Und außerdem ist ihre Ehe schon seit einiger Zeit nur mehr eine Formsache. Sie hatten keine Gemeinsamkeiten mehr. Sie beschloss am nächsten Tag zu einem Anwalt zu gehen und sich eine kleine Wohnung, die sie finanzieren kann, zu suchen. Das Haus gehörte Werner, sie wollte nur weg, weg, weg.

Wie so oft im Leben lösen sich manche Dinge von selbst, das Schicksalsrad hatte sich ein Zahnrad weiter bewegt. Jetzt muss sie Werner nichts von ihrer Kündigung berichten.

Sabine hatte während des Umzugs keine Zeit für Schmerz und Tränen, nun hat sie vor Ordnung in ihr neues Leben zu bringen.

Aber in ihr ist eine Leere, also ob ihr Körper eine Stoffpuppe wäre. Die letzten Monate waren ein einziger Abstieg nach unten.

Der Kräutertee muntert sie ein wenig auf.

Nein, denkt sie Ich will kein Wegwerf-Produkt sein. Ich werde mir Kraft in der Natur holen. Ein paar Tage Urlaub darf ich mir gönnen, ordnen kann ich später. Sie räumt die wichtigsten Dinge auf, hängt die Kleider in den Schrank und packt Reisetasche und Rucksack und bucht ein verlängertes Wochenende in einer kleinen Pension im Dachsteingebiet.

Sie fährt mit dem Zug nach Schladming.

Der nächste Morgen ist so herrlich blau wie für einen Werbe-Prospekt geschaffen.

Sie fährt sehr früh los und ist am Vormittag schon in Schladming. Diesen Ort kann sie mit dem Zug leicht erreichen. Etwas außerhalb der Stadt ist die Pension Alpenrose. Sehr hübsch mit dem typischen Alpenländer-Stil. Wuchtige Holzbalkone bestückt mit vielen bunten Blumen. Man fühlt sich wohl in diesem Haus. Außerdem hat es sogar einen Wellnessbereich mit Sauna.

Sabine freut sich auf die nächsten Tage und lässt die vergangenen Monate hinter sich, als wären sie aus einem anderen Leben.

Und so ist es auch, sie freut sich endlich wieder am Heute und an die Zukunft.

Am nächsten Morgen geht es gleich nach dem Frühstück mit dem Bus hinauf Richtung Dachstein. Sie will zur Dachsteinsüdwandhütte wandern, das Wetter ist strahlend und sie genießt den Rundumblick auf die gegenüberliegenden Berge.

Die Wander-Route ist nicht besonders schwierig, obwohl es sehr Abhänge steile

hat. Es sind nur wenige Wanderer unterwegs,
die sie überholen. Aber sie geht langsam,
will die Aussicht genießen. Bei der Südwand-
hütte angekommen gönnt sie sich eine Stärkung
mit gutem Most und einer Brettl jause. Die
Bergdohlen kommen ganz nah und wollen auch
einen Happen bekommen.

Sie blickt zum Himmel und sieht verschmolzen
mit Azurblau einen riesigen Wolkenberg der
sich wie ein weißer Wattebausch auftürmt.
Aber dieser ist gleich vergessen, denn die
Sonne strahlt vom Himmel.

Nach der Pause fühlte sich so leicht und fit.
So beschließt sie, noch ein Stück weiter zu
wandern. Es ist wohl ein Klettersteig den sie
nicht kennt, aber sie will

nur noch höher hinauf. Der Tag ist ja so jung
und wunderschön.

Nach einer halben Stunde verdunkelt sich
plötzlich der Himmel, Sturm kommt auf und
Eisregen prasselt auf sie herab. Sie hatte
die Wolke ignoriert und in den Bergen kann
das böse Folgen haben. Sie zieht die Regenja-
cke an und beschließt umzukehren.

Das ist schwierig, denn der Regen macht die Felsen rutschig und sie hält sich krampfhaft am Sicherheitsseil fest. Außerdem ist es nebelig geworden und die Sicht sehr schlecht.

Da passiert es. Sie rutscht aus und einige Meter einer Felsplatte hinab und kann sich gerade noch an einer Latschenwurzel festklammern. Sabine schaut nach unten und sieht verschwommen, dass sie am Rande eines Felsenabhanges liegt der einige hundert Meter nach unten abfällt.

Wenn jetzt ihre Kraft sich festzuhalten nachlässt, ist alles vorbei. Auch alles Leid und alle Sorgen. Soll sie loslassen?

In diesem Moment wird sie von zwei kräftigen Armen gepackt und noch oben gezogen. Sie schaut in ein bärtiges Männergesicht aus dem zwei blitzblaue Augen sie anlachen, der sagt:

„Also Mädel, hier gibt es keine Abkürzung nach unten, du würdest höchstens gradewegs nach oben in den Himmel oder in die Hölle kommen, je nachdem wie du gelebt hast."

Sie fühlt sich trotz der kritischen Situation in diesem Moment geborgen wie noch nie in ihrem Leben und wie neu geboren.

Einige Minuten kann Sabine sich nur an ihren Retter anlehnen, der Schock sitzt zu tief, sie kann kein Wort sprechen.

Da sagt der Retter: „Mein verschrecktes Dirndl, ich bin der Paul, wo gehörst Du hin?"

Sie antwortete: „Ich heiße Sabine und bin auf Urlaub in der Pension Alpenrose."

Da lacht ihr Gegenüber hell auf.

„Na, wenn das nicht schicksalhaft ist, da wohne ich auch. Komm ich bring Dich sicher nach Hause"

Das Sommergewitter war vorbei und so gehen sie gemeinsam die letzte Wegstrecke bis zum Autoparkplatz. Sabine sagt bevor sie aussteigt.

„Paul, mein Lebensretter, wenn Du Lust hast, und Du nichts Besseres vorhast, lade ich Dich zum Abendessen und ein Glas Wein ein. In der Nähe der Pension gibt es ein Gasthaus die braten traumhafte Bachforellen mit Petersilkartoffel.

„ Ja gerne, bis später" antwortet er.

Nach einem ausgiebigen Bad zieht sie ihr Dirndlkleid an und wartet in der Eingangshalle auf Paul. Erste Zweifel kommen auf. Ob es nicht zu aufdringlich war, dass sie ihn eingeladen hat? Aber als er die Stiege run-

terkommt und mit seinen blitzblauen Augen an-
lacht und sagt: „Auf geht's, wir gehen ja zu
Fuß, also darf ich Dich auf die nächsten Gläser einladen."

Das Essen und die Bedienung in diesem Wirtshaus sind so exzellent, es könnte nirgends
besser sein. Auch der Wein schmeckt süffig
und so werden es wirklich mehr als zwei Gläser.

Sie haben sich so viel zu erzählen und es
herrscht eine Vertrautheit zwischen den Beiden als wären sie jahrelang zusammen.

Paul erzählt von seinem Beruf, er ist Naturfilmer, sein Name Paul Steiner. Er erzählt,
er sei geschieden und kinderlos. Seine Exgat-
tin wäre mit seinem Beruf nicht einverstanden
gewesen. Es ist ein interessanter Beruf, der
viel Geduld verlangt. Aber das Verschmelzen
mit der Natur und die vielen schönen Erleb-
nisse wiegen alle Stunden der Kälte oder glü-
henden Hitze auf, sagt er. Außerdem erlangt
man eine Ehrfurcht vor dem Universum. Der
Nachteil ist, dass man oft Monate lang von zu
Hause weg ist, in der Wildnis, ohne Kontakt
mit der Familie.

Er kann auch von vielen lustigen Erlebnissen
mit Wild-Tieren berichten. Beide lachen und
plaudern, die Zeit verfliegt viel zu schnell.

Es knistert und es ist eine elektrische Spannung aufgebaut und so kommt es, dass sie sich
auf dem Weg zur Pension plötzlich in den Ar-

men liegen und küssen. Beide spüren, dass ihr Verlangen so stark ist und dieser Abend in einer Welle der Leidenschaft endet. Sie lieben sich so intensiv und lange mit einigen Höhepunkten bis sie erschöpft einschlafen.

Waren es die Sonnenstürme oder die jahrelange Missachtung ihres Exmannes die Sabine in der letzten Nacht zu dieser hemmungslosen Leidenschaft verleitet haben mit einem fremden Mann, der gestern in ihr Leben getreten ist, aber sie weiß nur eines, sie ist verliebt, wie ein junges Mädchen.

3. Kapitel

Leider war das Erwachen nach dieser leiden-
schaftlichen Begegnung sehr schmerzhaft. Als
sie am nächsten Morgen den Frühstücksraum betrat, suchte sie vergebens ihre neue Bekanntschaft Paul. Vielleicht hat er verschlafen,
dachte sie.

Aber als sie sich bei der Pensionswirtin
später nach ihm erkundigte, hieß es nur, er
sei schon abgereist, aber er hatte für sie
eine Nachricht hinterlassen. Es war nur eine
Visitenkarte mit Namen und Telefon-Nummer.
Auf der Rückseite eine kleiner Vermerk, DANKE
bis BALD

Das konnte alles und nichts bedeuten. Einerseits war es gut, dass die Nachricht sehr
neutral gehalten war. Die Pensionswirtin muss
nichts von ihrer Intimität erfahren. Andererseits hätte sie sich schon ein liebes Wort
gewünscht. Er kannte ihren Namen und ihre Geschichte, sonst nichts. Warum war er so sang-
und zwanglos verschwunden?

Sie wartete einen Tag, dann hielt sie es
nicht mehr aus und sie versuchte einen Probe-
Anruf bei der angegebenen Nummer."Tüt, kein
Empfang bei dieser Nummer" Sie wählte die
Nummer noch einige Male, dann gab sie es auf.

Sie fiel in ein noch tieferes Loch als sie
nach der Scheidung gefallen war. Alles in ihr
Tcke dachte sie. „Ich hätte mich nicht an der
Latsche festhalten sollen, dann wäre alles
vorbei und ich wäre alle Sorgen los."

Nach einiger Zeit versucht sie Ordnung zu
schaffen. Morgen früh wird ihr erster Weg
wieder zum Arbeitsamt sein, vielleicht hat
sie diesmal mehr Glück. Doch leider wieder
nichts. Die Beamtin kann ihr nur als Alternative eine Umschulung anbieten. Sie nimmt
das Angebot an. Doch - Wovon soll sie leben?
Ihre Abfindung die sie bei der gütlichen
Trennung mit ihrem Ehegatten erhalten hatte,
floss in die Anzahlung zur Wohnung. Außerdem
ist ein großer Betrag Nebengebühren zu bezahlen. Nach dem kurzen Höhenflug in Schladming
ist sie nun noch tiefer am Boden als vorher.
Sie setzt sich in den Park, sie hat noch eine
Stunde Zeit bis zum Anschluss-Zug.

Im Volksgarten-Park wachsen alte Kastanien-
bäume die langsam ihr Laub in wunderschönen
Herbstfarben verzaubern. Blumenrabatten sind
am Eingang schon am Verblühen. Alles sieht
traurig und nach Abschied aus. Tauben nähern
sich immer unverschämter und aggressiver.

„Na, gnä Frau, hat ihnen das liebe Arbeitsamt wieder einen Korb gegeben?" Eine freundliche Stimme eines Fremden spricht Sabine an. Sie blickt erschrocken auf, hatte gar nicht bemerkt wann der Fremde sich zu ihr gesetzt hatte. Sie rückt schnell etwas zur Seite, will aufstehen und weg gehen.

„Keine falsche Scham gnä Frau, ich beobachte Sie schon einige Monate, inzwischen waren Sie wahrscheinlich mit einem Job versorgt, denn einige Wochen hat das Arbeitsamt nichts von Ihnen gesehen."

Sabine bleibt vor Schreck wie erstarrt. Sie hatte nicht bemerkt, sie wurde bespitzelt. Warum? Endlich hatte sie sich gefasst und fragt: „Wer sind Sie und was wollen Sie von mir"?

„Oh, entschuldigen Sie, mein Name ist Julius Casetta, ich könnte Ihnen helfen, wenn sie mir einen Gefallen erweisen."

Der Mann hatte eine hohe Stirn, also eine Halbglatze begrenzt von graumeliertem Haar, die Augen mit einer dunklen Sonnenbrille verdeckt, braungebrannt, als käme er gerade aus dem Karibik-Urlaub zurück.

Sabine schaut den Fremden genauer an. Er ist dezent gekleidet, das einzige was auffällig ist, eine dicke Goldkette blitzt unter seinem offenen Jackett hervor. Die Hände sind gepflegt und die Schuhe sind sicher teure Designer-Stücke.

Sie antwortet: „Haben Sie einen Job für mich, wenn Sie mich vermitteln und es passt, verlangen Sie Provision?"

Der Fremde lächelt und sagt: „ Nur nichts überstürzen, gnädige Frau, ich bat Sie um einen Gefallen und nicht um einen Sklavendienst. Hier ist meine Karte mit der Telefonnummer, ich bin sicher, Sie rufen mich an."

Er verbeugt sich höflich und ist so schnell verschwunden und weg wie er gekommen ist. Sie ist noch immer ganz verdattert von der Begegnung und dem Angebot. Was dies nur zu bedeuten hatte, welchen Gefallen dieser nur meinte? Nun war es aber Zeit zum Bahnsteig zu laufen, sonst war der Zug weg und sie müsste noch längere Zeit im Park verbringen.

Zu Hause angekommen, versucht sie sich damit abzulenken, endlich ein wenig Ordnung in ihre kleine Wohnung zu bringen. Sie hat sie ganz sparsam eingerichtet aber mit bunten Dekor-Vorhängen aufgefrischt. Wenn sie nur wenig Geld zur Verfügung hätte um das tägliche Leben meistern zu können, wäre sie sehr zufrieden. Denn ihr Bankkonto war total überzogen und wenn sie an die offenen Rechnungen dachte bekam sie Magenschmerzen.

Sie muss Arbeit finden, der Umschulungs-Lehrgang vom Arbeitsamt war zwar eine Notlösung aber was tun in den nächsten drei Wochen bis dahin?

Am Abend machte sie noch einen Spaziergang
der Mur-Au entlang. Ihre Wohnung lag am
Ortsrand von Frohnleiten, sie war sehr
schnell im Grünen, hatte auch nicht weit zum
Bahnhof. Ihre wunde Seele und das leere Geld-
tascherl wenn diese nicht wären, würde sie
nicht mehr fallen. Keinesfalls darf ihr Fall
noch tiefer gehen.

Nebel kroch über die spiegelglatte aufgestau-
te Mur, ein Schwarm Vögel wurde durch sie
aufgeschreckt und flog mit lautem Getöse über
ihren Kopf hinweg in die Bäume. Sie war so in
Gedanken, dass sie gar nicht bemerkte, wie
weit sie gegangen war. Nun aber schleunigst
zurück nach Hause.

Die nächsten Tage waren geprägt von totaler
Verzweiflung und dann wieder kurze Momente
der Hoffnung. Ihre Freundin Sofie besuchte
sie nur ungern weil diese ja ganz in der Nähe
ihres früheren Lebensraumes wohnte und sie
wollte keinesfalls ihren Exmann oder seine
neue Frau begegnen.

Noch war alles schmerzerfüllt und wund, obwohl sie sich immer wieder sagte, sie hatten
sich in zwei Richtungen entwickelt und auch
wenn sie glaubte, ihren Mann bis zuletzt
noch geliebt zu haben, wusste sie doch, dass

das nicht stimmte und sie sich nur selbst belog. Es war alles nur Bequemlichkeit gewesen.

Wie sollte das Leben weiter gehen? Die Inserate der offenen Stellen waren immer spärlicher und wenn wurde junges dynamisches Personal gesucht. Sie fühlte sich noch leistungsstark und jung, aber kaum nannte sie ihr Geburtsjahr wurde mit einer fadenscheinigen Ausrede abgeblockt und sie hatte nicht einmal die Möglichkeit zur persönlichen Vorstellung.

Morgen hat sie einen Termin bei der Bank, sie war angerufen worden und fürchtete sich sehr davor, aber sie musste hingehen.

Die schlaflose Nacht zeichnete sich in ihr Gesicht wie eine Brennschere. Überpünktlich wie es ihre Art war, betrat sie den Kassenraum, wurde neugierig gemustert und als sie ihren Namen nannte auch gleich nach hinten geschickt zu Herrn Reiter, stellvertretender Filial-Direktor. Dieser empfing sie fast zu freundlich. Typischer Bankbeamter, aalglatt und schmierig, er erinnerte sie stark an ihren Ex-Gatten und das bereitete ihr Sodbrennen.

Sie war trotzdem um Freundlichkeit bemüht. „Herr Reiter, ich wollte bei Ihnen vorsprechen, hatte aber keine Zeit, es ist mir recht, dass Sie mir mit Ihrer Terminvereinbarung zuvorgekommen sind."

Dieser erwiderte zuckersüß: „Ach wissen Sie, wir kennen ja Ihren Exgatten sehr gut, integrer tüchtige Person, Ihre Privatsache geht uns ja nichts an. Wie gesagt, der gute Ruf Ihres Ex hat uns auch so lange warten lassen, aber schauen Sie, nun hat Ihr Konto einen Minus-Stand erreicht, der uns keinen Spielraum lässt. Wir denken, die Situation überfordert Sie und deshalb wollen wir Ihnen helfen."

„Ach, Herr Reiter, das ist ja sehr großzügig von Ihnen, ich werde so rasch als möglich bemüht sein, alles in Ordnung zu bringen.

„Sie haben mich nicht ausreden lassen Frau Sabine, die Bank macht Ihnen einen Vorschlag, wir kaufen Ihre Eigentumswohnung, die Sie ja doch nicht finanzieren können, zu einem vernünftigen Preis und Sie sind Ihre Sorgen los."

Sabine ist leichenblass, am liebsten wäre sie den Bankbeamten ins Gesicht gesprungen. Diese Kredithaie wollen so nebenbei ein Supergeschäft machen. Ihre Wohnung war zwar klein aber sehr gut gelegen, wenn auch nur ein Teil von dem was sie in den letzten zwanzig Jahren mit ihrem Ex erwirtschaftet hatte, auf den Großteil hatte sie zugunsten des Ex freiwillig verzichtet . Diese Wohnung war alles was sie hatte, nein, niemals würde sie diese hergeben. So weit nach unten darf sie nicht fallen, und auf der Straße landen. Ihre Gedanken rasten und sie konnte gerade mit letzter Kraft sagen:

„Bitte geben Sie mir zwei Monate, Herr Reiter."

Dieser antwortete nicht mehr so freundlich: „Wenn Sie glauben, dass Sie das schaffen, ich rechne Ihnen den Mindestbetrag vor, den Sie erstatten müssen "

Sie wurde hinaus komplimentiert und rannte tränenblind nach Hause. Wie sollte sie ihren Absturz aufhalten? Bei einer Tasse Tee, die sie ein wenig beruhigte, fiel ihr der Fremde im Park ein. Sie musste ihn anrufen, vielleicht konnte er doch helfen. Sie hatte sonst keine Chance.

Am nächsten Morgen fuhr sie mit dem Früh-Zug nach Graz. Sie nahm sich vor, auch wenn sie den ganzen Tag im Park verbringen musste, sie hoffte diesen Fremden zu treffen. Denn sie hatte widerholt auf die Mail box gesprochen, doch leider keine Antwort erhalten. Dieser war ihre letzte Hoffnung.

Obwohl sie keinen Termin hatte versuchte sie trotzdem im Amt vorzusprechen, vielleicht gab es doch eine Arbeit für sie. Leider wurde sie nur mehr als unfreundlich behandelt.

4. Kapitel

Die Beamtin wie bei der ersten „Beratung" gab
ihr nur einen Zettel mit einer Telefon-Nummer
und sagte: „Sie können in der Zwischenzeit
bis zum Kurs eine Haus-Kosmetik-Schulung besuchen." Sie würde Bescheid erhalten, wann
ihr Umschulungskurs beginnt. Sie lief durch
die engen Gänge, vorbei an den vielen grauen
Geistergestalten. Erst als sie am Portal ankam, hielt sie kurz an um Atem zu holen. Ihre
Schamröte wegen der Niederlage konnte jeder
von ihrem Gesicht ablesen.

Langsam ging sie die Straße entlang bis zum
Park. Leider war dieser kleine Grünfleck von
Unrat gepflastert. Leere Bierdosen und Ziga-
retten-Kippen lagen am Kiesweg und auch im
spärlichen Grün, es war schauderhaft. Im
letzten Winkel saß eine junge gepiercte Frau,
neben ihr ein Rottweiler-Kampfhund-Mischling.
Sabine fürchtete sich vor den beiden, aber
diese schienen sie gar nicht zu bemerken. Sie
lagen fast regungslos auf der Parkbank. Am
liebsten hätte Sabine den Park verlassen,
aber sie musste diesen sogenannten Herrn Julius Casetta unbedingt sprechen. Sie setzte
sich in einiger Entfernung auf eine Parkbank
und blätterte in der Tageszeitung. Sie las

die Zeilen obwohl kein Wort in ihr Gedächtnis vordringen konnte. Nach einiger Zeit

ging sie wieder den Parkweg entlang Richtung
Ausgang, verließ diesen nicht. Beim Rückweg
sah sie, dass die unheimliche Gepiercte mit
dem Hund verschwunden war.

Stattdessen saß eine zahnlose Streunerin mit
Plastiksäcken beladen mit einer Schnapsflasche in der Hand. Ihr Alter war unmöglich zu
schätzen. Sie konnte Dreißig aber auch schon
siebzig Jahre alt sein. Diese prostete ihr
freundlich zu: „Magst einen Schluck?"

Sabine:

„Nein danke, noch ist es zu früh." Die Antwort: „Es ist nie zu früh – aber es kann irgendwann zu spät sein."

Weise Worte für eine obdachlose Alkoholkran-
ke, dachte Sabine.

„Kommen Sie öfter in den Park und kennen Sie
zufällig einen Julius Casetta?"

Sie wusste nicht warum sie den Mut aufbrachte
der Alten dies zu fragen.

„Ach den Jules, den kennt hier jeder, und auch niemand, besser ist ihn nicht zu kennen. Er kommt ganz unverhofft morgens oder abends, dann oft wochenlang nicht, hat er dir was besorgt?"

Sabine war ratlos, was meinte sie mit was besorgt, war er ein Schwarzhändler, oder ging es womöglich um Rauschgift. Aber ihr blieb keine andere Wahl, sie musste ihn treffen, vielleicht hatte er doch einen Job für sie.

Den ganzen Vormittag wagte sie nicht den Park zu verlassen, sie sah die Menschen durchgehen, die eine Abkürzung suchten, sah einsame Pensionisten, die kurz Rast machten mit ihren Einkaufs-Geh-Wägelchen um Tauben zu füttern. Diese sprachen mit den Vögeln. Einsam in ihrer eigenen Gedankenwelt verstrickt wie in einem Spinnennetz. sie hatte schon zigmal die Tageszeitung gelesen ohne dass auch nur eine Zeile bis zu ihrem Hirn vordrang.

„Schönen Tag, gnä Frau"

Plötzlich schreckt sie auf, der Fremde hatte sich ganz unbemerkt neben sie gesetzt. Dieser Mann war unheimlich lautlos und unsichtbar wie ein Geist. Ein kalter Schauer lief ihr über den Rücken, obwohl sie erleichtert war, endlich Julius Casetta zu treffen.

„Guten Tag, eigentlich warte ich auf Sie, sie sagten damals, dass Sie mir helfen, wenn ich Ihnen einen Gefallen erweise Ich konnte Sie am Telefon nicht erreichen."

„Na wer wird denn so ungeduldig sein. Gnädige Frau, wir gehen jetzt was Gutes essen, dabei bespricht sich alles leichter."

Sie schaltete sämtliche Vorsichtsmaßnahmen aus und folgte ihm zu seinem Auto, es war ein großer schwarzer Audi, was anderes hätte sie bei ihm gar nicht erwartet.

Julius Casetta fuhr mit Sabine die Stadt hinaus zu einem kleinen aber exklusiven Restaurant. Sie hätte nie in diesem einsamen Ort so etwas gesucht. Es war ihr gänzlich unbekannt, anscheinend ein Insider-Tipp. Die Preise laut Speisekarte waren auch dementsprechend, sie würde sich das nie leisten können. Abgesehen davon bekam man ohne Tischreservierung keinen Platz. Na, ja das war ja nicht ihr Problem. Sie genoss den Nachmittag. Erst als sie beim Dessert angekommen waren, wagte sie zu fragen welchen Gefallen sie ihm erweisen müsste.

Dieser blickte ihr tief in die Augen und sagte: „Ich fahre sehr oft geschäftlich ins Ausland, besonders nach Italien oder die

Schweiz, da wäre es von Vorteil von einer intelligenten, kultivierten Frau begleitet zu werden. Die einzig Aufgabe wäre, mir Gesellschaft zu leisten."

Sabine antwortete: „ Das klingt ja alles sehr verlockend, aber ich kann mir diesen Luxus leider nicht leisten, ich muss arbeiten um meinen Lebensunterhalt zu verdienen. Danke für das gute Essen und den schönen Nachmittag."

„Nur nicht so hastig, Sabine, nennen Sie mich Jules, so nennen mich die Freunde, Ihr Honorar wird pro Reise 2.000,-- Euro betragen."

Diese schluckte und fragte: „Warum so viel, welche Dienste verlangen Sie noch für die Begleitung?"

„Nichts, es geht einzig und allein darum eine nette Gesellschaft zu haben, sonst soll Sie nichts interessieren, meine Geschäfte erledige ich allein."

Sabine dachte, das könnte ihre Rettung sein. Sie hatte der Bank eine Einzahlung von 2.800,-- Euro innerhalb der nächsten drei Monate zugesagt, ohne zu wissen, ob sie das Geld auch beschaffen könnte, nur um Zeit zu gewinnen.

Jules, wie sie ihn nun nannte, war so freundlich und fuhr sie bis zur Haustür nach Frohnleiten nach Hause. Er sagte sonst wüsste er
nicht wo er sie in zwei Tagen. abholen sollte.

Sabine tanzte in ihrer kleinen Wohnung bis
sie erschöpft auf das Bett fiel. War der
freie Fall nach unten endlich mit einem Fallschirm gebremst und sie musste sich nicht vor
der harten Landung fürchten?

Dieses kleine Heim wird sie niemals hergeben.
Nie, nie, nie, was immer sie dafür tun muss.

Heimat das sind Wurzeln die auch bei Sturm
Halt bieten, die Kraft und Stärke geben um
nicht zu fallen. Dies war auch die einzige
Chance für sie um weiter zu leben.

Die nächste Zeit bis zu ihrem ersten Be-
gleitservice war eine Qual. Was sollte sie
anziehen? So vielfältig war ihre Auswahl
nicht. Sie wählte das blaue Kostüm und für
die Fahrt wird sie ganz einfach Jeans nehmen.

Zum Frühstück konnte sie nur eine Tasse Tee
trinken, sie war zu aufgeregt. Wird Jules
sie pünktlich abholen? Das Honorar war ihre einzige Möglichkeit für einige Zeit über
die Runden zu kommen. Wenn er es nicht be-

zahlte war sie verloren. Sie hatte zwar kein gutes Gefühl, was seine Geschäfte betraf, aber das ging sie nichts an. Besser sie wusste nichts davon.

Jules kam dann doch. Sie hatten es sehr eilig bis zum Flugplatz nach Graz. Der Flug nach Zürich war gebucht. Jules erhielt die Tickets in der Eingangshalle von einem Mann. Sie hatte ihn nur flüchtig gesehen, wie er ihm die Reisetasche zusammen mit den Karten übergab. Dem Aussehen nach ein Sizilianer, dunkler Typ, schwarzer Stoppelbart, Sonnenbrille. Als dieser weg war, sagte Julius zu Sabine. „Mein Geschäftsfreund hat mich gebeten, einiges nach Zürich mit zu nehmen. Übrigens fahren wir mit seinem Auto zurück."

Sabine ist erschrocken. „Wird das nicht zu lange dauern?"

„Keineswegs, der Wagen ist sehr bequem, und wir fahren heute Abend gleich los, dein Honorar bleibt natürlich gleich, aber ich schulde meinem Freund diesen Gefallen, sein Auto will er sonst niemand anvertrauen ."

Damit war für ihn die Sache erledigt, sie gaben ihr Gepäck ab und betraten die Wartehalle. Nach einigen Minuten durften sie im Flugzeug ihre Plätze einnehmen. Der Flug war ruhig, das Wetter wunderschön. Sabine war sehr unsicher. Auf was hatte sie sich da eingelassen? Sie hatte ja von Anfang an ein mulmiges Gefühl beim Treffen mit Julius Casetta gehabt.

Was war in der Tasche, die der Sizilianer
ihm mit gab? Zu Mittag landeten sie in Zürich. Ihr Begleiter wirkte nervös und sie
fuhren mit dem Taxi in die Innenstadt. Zuvor
hatte er die Reisetasche in ein Schließfach
gelegt. Ihr eigenes Gepäck nahmen sie mit.
„Sabine, du kannst einen Café trinken während
ich meine Geschäfte erledige. Nachher gehen
wir gut essen. „ Jules sagte, er müsste erst
erfahren, was zu tun sei, vorläufig bewahrt
er ihr Gepäck auf. Sie fühlte sich ein wenig
verloren in der fremden Stadt. Aber zum Glück
hatte sie ihr Handy mit, Jules wird sich hoffentlich melden. Schade, sie hatte ihr blaues
Kostüm gar nicht gebraucht. Zur Rückfahrt
mit dem Auto genügen auch die Jeans.

Sie spazierte nun allein am Zürichsee-Ufer
entlang. Wäre es nicht wunderschön mit einem
passenden Partner am (liebsten wäre ihr Paul)
hier zu sein. Diese Stadt hat ein eigenes
Flair eine südliche Leichtigkeit und doch die
Schweizer Bodenhaftung.

Während sie am Zürich-See-Ufer entlang wan-
derte, klingelte ihr Handy. Es war Jules, der
sie ersuchte zum Hotel zu gehen und dort zu
warten. Schade, sie wäre gerne noch in dieser
wunderschönen Umgebung geblieben. Aber die
Pflicht ruft.

Es war nicht all zu weit. Sie sah Jules schon am Eingang stehen und telefonieren. Bei ihrer Ankunft hörte er abrupt auf. „Komm, Sabine, wir fahren mit dem Taxi zum Flughafen unser Gepäck holen. Wir essen im Restaurant in der Nähe des Flughafens und nehmen dann gleich das Auto in Empfang. Leider habe ich morgen schon wieder in Graz geschäftlich zu tun, also bleibt nicht viel Zeit." Er wirkte sehr nervös und abwesend.

Das Lokal war offensichtlich ein Italienisches. Steinwände vermittelten eine urige Atmosphäre und die südliche Hintergrundmusik ließen fast Urlaubsstimmung aufkommen. Sabine freute sich auf das Essen. Sie bestellte Spagetti mit Muscheln und Oliven. Zur Vorspeise gab es getoastetes Weißbrot mit verschiedenen Aufstrichen. Ein Traum. Leider durfte sie nur ein Glas Rotwein trinken, weil Jules gesagt hatte, in Österreich müsse sie einen Teil der Strecke mit dem Auto fahren. Na, ja wenn sie auch tatsächlich die vereinbarten 2.000,-- Euro bekommt, soll es ihr recht sein.

Sie wollte sich noch schnell frisch machen und als sie vom WC-Raum zurück kam saß ein Fremder an ihrem Tisch. Es könnte derselbe sein, der die Tasche am Flughafen Graz mitgegeben hatte. Beide Männer verhandelten. Man sah es an den heftigen Gesten. Da stand dieser auf und lief hinaus, Jules hinter ihm her. Nach einer viertel Stunde kam er allein wieder, eine Aktentasche in der Hand und sagte: „Die Rechnung ist schon bezahlt, wir können fahren. Im Auto ist auch unser Gepäck."

Sie konnte sich nicht erklären, wo das ganze Zeug plötzlich herkam. Das Auto, das sie nach Graz bringen müssen, war ein großer Kombi. Kein besonders auffällig wertvolles. Warum der Aufwand und die Geheimnistuerei? Allerdings waren zwei Koffer im Gepäcksraum die nicht ihnen gehörten. Es waren Golf-Taschen.

Es war später Nachmittag, als sie losfuhren. Schweigend, Sabine konnte sich nicht erklären, wozu die Hektik. Bis Casetta von der Autobahn abfuhr.

„Wohin fahren wir?" fragte Sabine.

„Wir treffen hier noch einen Freund von mir. Unsere Route wird über Italien nach Österreich gehen. Dieser Freund kennt Grenzübergänge, die nicht bewacht sind. Und von Italien nach Hause ist es kein Problem wegen der EU."

Sie ist verstört. „Warum, schmuggeln wir etwas?"

Casetta antwortet: „Schätzchen, glaubst du wegen deiner schönen Augen zahle ich dir zwei Tausender?"

Panik befällt Sabine. Was passiert, wenn sie erwischt werden, obwohl sie nichts tat, als dabei zu sein, ist sie trotzdem haftbar?

„Jules, du sagtest, du wünscht nur angenehme Gesellschaft als Begleitung. Das wäre meine Aufgabe."

„Das eine schließt das andere nicht aus. Und jetzt halt die Klappe, ich muss mich konzentrieren, um den Treffpunkt mit dem Lotsen zu checken."

An den Straßenschildern las sie Richtung Luzern, nach einiger Zeit Klosters, dann Davos.

Sie fuhren schweigend ungefähr zwei Stunden, bis sie ein abgelegenes Dorf erreichten, den Ortsnamen konnte sie in der Aufregung nicht lesen. Bei einer Tankstelle blieb er stehen. Während er den Tank füllte, ging sie auf die Toilette. Im Verkaufsraum lungerten einige stoppelbärtige Männer. Einer löste sich von der Gruppe und ging hinaus zu Jules. Das war wahrscheinlich der berüchtigte Lotse, der sie nach Italien bringen sollte. Er war wie ein Weidmann gekleidet. Nach einer kurzen Besprechung ging es los. Mit seinem Geländewagen fuhr er voraus, Jules und Sabine konnten ihn bei diesen schwer zugänglichen Forststraßen kaum folgen. Außerdem war es mittlerweile fast Mitternacht geworden. Sabine hatte fürchterliche Angst, das Auto rumpelte und ratterte , die Bäume kamen oft recht nah zur Windschutzscheibe und auf ihrer Seite durfte sie nicht hinaus blicken, da fiel die Böschung einige hundert Meter hinab.

War das der Ritt zur Hölle? Medusen und Horrorgestalten drücken die Luft ab. Blutrote Nebelschwaden strömen aus Auspuff und Rücklichter des Geländewagens, dieser biegt plötzlich in ein Gebüsch und schaltet Motor und Licht aus. Jules folgt ihm. Der Lotse holt eine Tarndecke und wirft sie über beide Autos.

Stille. Nein, lautes Pochen des Herzens und Rauschen der Atemzüge schreien in die Nacht.

Langsam fahren in der Nähe zwei Militärfahrzeuge, bleiben stehen. Man hört Wortfragmente, sie sind ausgestiegen. Es plätschert in das Laub, Lachen wieder fließt es. Die Männer urinieren ins Gebüsch. Türen knallen, „Grüezi wohl". die Autos bewegen sich langsam in verschiedene Richtungen. Die drei Grenzgänger wagen wieder zu atmen.

Nach einer halben Stunde geht die Fahrt weiter.

Endlich erreichten sie eine asphaltierte Straße. Nach ein paar Kilometer blieb der Lotse am Rand stehen. Jules stieg aus, übergab ihm ein Kuvert, wahrscheinlich sein Hono-

rar und erhielt von ihm den Navi-Plan für die
weitere Wegstrecke.

Zu Sabine sagte er: „Und nun beginnt deine
Rolle als Begleitung." Er holte aus seiner
Reisetasche zwei Polo-Shirts und Golfmützen.
„Wir kleiden uns wie Golfspieler. Falls wir
eine Kontrolle haben, was sehr unwahrschein-
lich ist. Wir waren ein paar Tage Golf-Urlaub
in Italien. Alles klar?"

Die weitere Fahrt verlief sehr angespannt.
Sie wurde erst lockerer, als sie wieder auf
der Autobahn Richtung Meran fuhren. Sie waren schon sieben Stunden unterwegs, wegen der
Aufenthalte und der Umwege über Forsts Tras-
sen. Dann auf der Autobahn Nach Lienz in
Osttirol war die Fahrt sehr bequem.

Auch der Grenzübergang nach Österreich wurde
ohne Kontrolle passiert. Bei der nächstgele-
genen Autobahnraststätte wurde endlich eine
Pause gemacht. Sie frühstückten ausgiebig.
Der Kaffee und die Croissants waren eine
Wohltat nach dieser anstrengenden Nacht. Anschließend musste Sabine ans Steuer. Diese
zwei Tausend Begleit-Service Honorar waren
sehr schwer verdient. Aber was blieb ihr für
Möglichkeit?

Zu Hause angekommen, nahm Sabine eine ausgiebige Dusche und legte sich ins Bett. Es war

noch einmal gut gegangen. Was in den Golf-
Taschen versteckt war, wusste sie nicht, aber
legal war das bestimmt nicht, wozu die auf-
wendige Reiseroute?

5. Kapitel

In der nächsten Woche wird ihr Umschulungs-
Kurs beginnen. Dann ist sie für kurze Zeit
wieder in einem sozialen Netz aufgefangen.
Nur- wie geht es weiter? Die hohen Kredit-
Raten für ihre Wohnung erdrückten sie. Täglich studierte sie die Stellenangebote versuchte telefonisch bei verschiedenen Firmen
einen Termin zu erhalten. Aber sobald diese
ihr Alter erfuhren, wurde abgesagt.

Da erinnerte sie sich an die Telefon-Nummer,
die ihr die Beamtin vom Arbeitsamt gegeben
hatte.

Sie rief die Kosmetikberatung an und sagte
der freundlichen Dame am Telefon, dass sie
über das Arbeitsamt vermittelt wurde.

„Es freut uns dass es immer wieder interessierte Damen für unser Kosmetik-Verkaufs-
Programm gibt. Heute Nachmittag beginnt wieder ein neuer Schulungs-Kurs. Kommen Sie
pünktlich um 14 Uhr zu unserem Schulungs-
Center Adresse Wienerstrasse 60."

Sabine notierte die Adresse und dachte, vielleicht ist das die Chance, endlich wieder
Geld zu verdienen.

Mit dem Mittagszug fuhr Sabine nach Graz, um
nur ja rechtzeitig vor Ort zu sein. Mit dem
Bus erreichte sie die Wienerstraße 60. Gegenüber des Hauses befand sich ein Autohändler

mit günstigem Gebrauchtwagen-Angebot. Dahinter eine Wohnsiedlung.

Auch anschließend des Hauses Nr. 60 überragten mehrstöckige Wohnbauten das Gebäude. In diesem befand sich eine Bar. Tote, ausgeschaltete Leucht-Ziffern wiesen den Weg zum Eingang. Wett-Café, Bar <PIGALLO

Etwas ratlos schaute Sabine und suchte den Eingang zur angegebenen Adresse.

Vielleicht hatte sie sich doch an der Adresse geirrt? Während sie verzweifelt auf und ab ging und das Kosmetik-Studio suchte, sprach sie ein Mann an.

„Na, Kleine, wollen wir wetten oder ein Spielchen machen?" Sie schaute ihn erschrocken an. Der sah aus, als ob er die letzten zwei Tage kein Bett oder Badezimmer gesehen hätte. Unrasiert und schmuddelig. Das Hemd mit einem schwarzen Rand vom schmutzigen Hals stand offen, die Jacke darüber hatte auch schon bessere Zeiten gesehen.

Sie fragte trotzdem höflich: „Ich habe einen Termin bei einem Kosmetik-Studio, ist das das Haus Nr. 60?" Dieser lachte kurz und höhnisch auf. „Ach, die Uschi sucht schon wieder Nachschub für ihren Kosmetik-Handel. Hinter dem Haus ist der Eingang."

Total verunsichert ging sie nach rückwärts und sah auch neben der Klingel das Schild Uschi-Varon-Kosmetik-Handel. Die Klingel schnarrte und eine rauchige Stimme sagte: U-schi-Varon-Kosmetik.

„Ich wurde vom Arbeitsamt wegen einer Schulung an Sie vermittelt."

„Kommen Sie in den ersten Stock, Tür 4."

Total verängstigt betrat sie das Vorzimmer im ersten Stock, die Tür stand halb offen. Eine etwas überzeitige Wasserstoffblondine empfing sie mit den rauchigen Worten:

„Hallo, ich bin die Uschi die Kosmetikberaterin, und du?"

„Mein Name ist Sabine Kaiser, die Frau Baumann vom Arbeitsamt hat mich an Sie vermittelt." „Ja, ich weiß sie ist sehr hilfsbereit sie schickt mir immer wieder Frauen für die Verkaufs- Schulung. Ich schenke ihr dafür einen Gutschein. Du wirst heute eingeschult, wie man sich schminkt."

Sabine wurde ins Nebenzimmer, das eigentlich die Küche war, bugsiert. Auf der Eckbank hinter dem Tisch saßen schon drei Frauen. Etwas jünger als Sabine offensichtlich auch Kursteilnehmerinnen. Auf dem Sessel davor saß ein ganz junges Mädchen, das Probe-Modell. An ihrem Gesicht sollten sie die Kosmetika ausprobieren.

Zuerst war ein Formular auszufüllen. „Das ist reine Formsache, dieser Papierkram ist für das Arbeitsamt bestimmt. Das Amt zahlt eure Kursgebühr. Mein Aufwand muss doch auch ersetzt werden, " erklärte Uschi. Sie führte auch das große Wort an diesem Nachmittag. Gesicht reinigen, erfrischen, dann wieder reinigen. Anschließend eincremen. Make-Up.

Wimperntusche, Lidschatten, Lippenstift. Dann wieder abschminken, reinigen, eincremen. Gesichtsmaske usw. Was dieses arme junge Gesicht aushalten musste!

Als der Spuk vorbei war, erhielt jede von den Kursteilnehmerinnen einen Kosmetik-Koffer mit Inhalt vorgesetzt.

„So, meine Damen, ich hoffe Ihr habt begriffen, um was es geht. Eure Aufgabe ist, so viel wie möglich Savon-Kosmetika zu verkaufen. Diesen vollständig gefüllten Koffer erhaltet Ihr heute zum günstigen Preis von 799,-- Euro. Wenn Ihr geschickt seid, und alles verkauft sind zu einem Preis von 999,-- Euro, so ist Euch ein Reingewinn von 200,-- sicher. Für dieses Vergnügen werdet Ihr auch noch bezahlt!"

Uschi stellte das Geschäft dar, als sei es der reinste Lottogewinn. Eine der Kursteilnehmerinnen wagte die schüchterne Frage: „An wen sollen wir die Kosmetik verkaufen?"

„Natürlich an eure Freundinnen, an die Nachbarinnen und ihr braucht doch nur ins Telefonbuch zu schauen. Da sind Adressen genug."

Sabine dachte an ihre Frau Nachbarin, Frau Navratil. Der könnte sie eher einen elektro-

nischen Staubsauger verkaufen, aber niemals
ein Make-Up.

Die andere sagte: „Und was machen wir mit der
Kosmetik, die wir nicht verkaufen können?"

Uschi antwortete ärgerlich: „Was für Landpo-
meranzen hat mir diesmal die Frau Baumann geschickt. So etwas gibt es nicht. Und dann
könnt ihr es ja selber für euch benutzen. Ihr
müsst ja auch vorbildlich geschminkt sein.
Und wenn Ihr ganz geschickt seid, macht Woh-
nungs-Verkaufspartys so wie es schon jahrelang die bekannte Plastik-Haushaltswarenfirma
betreibt. Die sind damit reich geworden."

Sabine dachte, ja reich sind nur die Firmen-
inhaber mit dieser Idee geworden. Die fleißi-
gen Heinzelmännchen, die Hausfrauen sicher
nicht.

Damit war der Kurs beendet und die drei zahl-
ten auch brav für den Kosmetik-Koffer.

Verzweifelt dachte Sabine: Eigentlich hat
mich das Arbeitsamt für einen Weiterbildungs-
kurs an diese Adresse vermittelt. Kein Wort
war von Verkaufsschulung mit Einkauf der
Grundausstattung die Rede.

Ihr war klar, das ist keine Arbeit für sie,
sie würde an den Produkten sitzen bleiben.
Sie hatte auch nur 20 Euro in der Tasche und
das sagte sie auch Uschi.

Die war nun nicht mehr wieder zu erkennen.

„Wo's glaubst denn du Überständige, wir san.
do net beim Sozialamt, verschwind, bevor ich
den Bruno auf di hetz!"

Sabine ergriff die Flucht. Welcher Schläger-
typ Bruno war, konnte sie sich denken.

Und so eine Stelle wird vom Arbeitsamt vermittelt!

6. Kapitel

Eine Woche war seit den Abenteuern Zürich und Kosmetik-Schulung vergangen. Sie war froh, der Bank einen Teil der vereinbarten Summe zahlen zu können. Sabine wählte zur Einzahlung eine andere Filiale, sie wollte keine neugierigen Fragen. Sie kam vom Einkauf zurück, als Nachbarin, Frau Navratil sie im Stiegenhaus empfing. So wie es sich anscheinend für eine tüchtige Frau gehörte, hatte sie das Staubtuch in der Hand und polierte ihre Eingangstüre, die ja blitzblank war und sagte:

„Ach guten Tag Frau Sabine, es wollte ein Mann zu Ihnen, ein Herr Casetta, Sie sollen ihn anrufen."

Der neugierige Blick verriet, dass sie eigentlich mehr darüber wissen wollte, aber Sabine sagte nur.

„Danke, ich werde es erledigen, Sie machen alles wieder besonders sauber." Sabine war froh, in ihre Wohnung schlüpfen zu können. Das Haus in dem sie wohnte, war sehr ruhig, sie hatten auch eine gemeinsame Grünfläche für alle Hausbewohner. Die größeren waren mit Balkonen ausgestattet. Erbaut wurde es in den Siebziger-Jahren des vergangenen Jahrhunderts. Deshalb war es auch für sie erschwinglich gewesen. Einziger Luxus: der Fernheizungs-Anschluss.

Ob Jules wieder einen Auftrag für sie hatte?
Zwei Wochen musste sie noch auf ihren Umschu-
lungs-Kurs warten. Der erste Anruf endete in
der Mailbox. Sie hoffte ihn bald zu erreichen.

Spät abends rief er zurück. Ja er hätte einen
besonders interessanten Auftrag, wieder das
gleiche Honorar, aber das ganze würde vier
Tage in Anspruch nehmen. Wenn alles zeitgerecht erledigt wird, soll sie fünfzig Prozent
mehr bekommen Treffpunkt morgen wieder im
Park da würde sie Näheres erfahren. Anscheinend wollte er am Telefon nichts verraten.
Der Park war für sie kein schöner Treffpunkt. Sie fürchtete sich vor der Gepiercte
mit dem Kampf-Hund und auch die Streunerin
mit der Schnapsflasche und den vielen Plastiksäcken war ihr nicht geheuer.

 Zum Glück war heute der Park menschenleer.
Aber es war ein bedauernswerter Ort. Der Müll
von gedankenlosen Leuten lag in der Wiese.
Statt in den Abfallkorb, warfen diese Hirnlo-
sen alles einfach auf den Boden. Sie musste
nicht lange warten.

Eine bekannte Stimme sagte:

„Welche Freude, dich wieder zu sehen." Mit
diesen Worten begrüßte er sie. "Komm, wir gehen ein Stück, ich habe heute nicht viel
Zeit." Sie hätte ihn fast nicht erkannt. Denn
heute trug er Jeans und eine Lederjacke. „Also, ich konnte am Telefon nicht darüber sprechen. Wir fahren morgen nach Wien da holen

wir zwei Mercedes ab. Mit diesen fahren wir nach Istanbul. Mein Geschäftsfreund will nicht den Transport über eine Firma. Er hat ein besonders schönes, neues Modell und das soll auf der langen Strecke eingefahren werden. Wir zwei fahren einen, den anderen werden zwei Freunde überstellen."

„Aber ist das nicht zu gefährlich und anstrengend, diese weite Strecke mit dem neuen Auto?"

„Erstens, fahren wir deshalb mit zwei Autos, falls eine Panne wäre, und außerdem sind diese vollkaskoversichert. Ich dachte an dich als Partnerin, weil du Geld brauchst und ich dir vertraue."

Sabine überlegt kurz und sagte: „Die Stadt Istanbul würde mich schon interessieren, die soll sehr interessant und schön sein. Ok. aber in zehn Tagen beginnt mein Umschulungs-Seminar."

Am nächsten Tag wurde sie von einem Fremden und Jules abgeholt. Sie fuhren bis zu einem Parkplatz, in der Nähe von Wien. Sabine kam der Übergabe Ort der Autos schon ein wenig seltsam vor. Wäre ein Autohaus nicht das Richtige? Zwei nagelneue Mercedes standen dort, ein Silber und ein schwarzer. Im schwarzen saßen schon zwei Gestalten. Sie stiegen aus, begrüßten Jules mit freund-

schaftlichen Umarmungen und Sabine etwas zurückhaltend.

Der eine stellte sich als Mechmet vor, nenne
mich Mech, seine Begleiterin hieß Astrid.
Beide stellten sich als Ehepaar vor. Sie, eine Deutsche, er ein Türke. Sie erzählten,
dass sie seine Familie besuchen wollen und
ihren Urlaub in der Nähe von Istanbul verbringen. Beide sind sympathisch. Astrid eine
liebenswerte Berlinerin mit knallrotem Lo-
ckenkopf .Aus ihrem Mund perlt der Dialekt
mit einem Lachen wie ein Wasserfall. Sabine
versteht nur einen Bruchteil, trotzdem gefällt es ihr und sie wurde schon ein wenig
lockerer. Jules und Sabine werden nach Wien
zurück fliegen.

Die Tickets seien gebucht. Sie fragen, ob sie
Pass und Führerschein dabei haben. Und der
Silber Mercedes mit deutschem Kennzeichen
wird übergeben. Sie sollen einfach immer bis
zum nächsten Stützpunkt dem schwarzen Mercedes hinter her fahren.

Und nun geht es los. Die ersten 200 Kilometer
soll Sabine fahren, noch sind sie in Österreich, sie soll mit dem Auto vertraut werden. Es ist leichter als sie dachte, im Gegenteil es ist herrlich mit so einem luxuriö-
sen Auto unterwegs zu sein.

Es geht Richtung Budapest, sie ist schon ein
wenig müde. Inzwischen haben sie das Steuer
gewechselt. Bei einer Tankstelle wird der
erste Pausen-Stopp eingeplant. Es ist Zeit,

die Toiletten aufzusuchen und eine Kleinig-
keit zu essen. Kaffee ist außerdem auch
wichtig, denn sie wollen die Nacht durchfahren.

Die Straßen in Ungarn waren relativ in Ordnung. Zahlreiche Laster sind unterwegs, die
man überholen musste. Bis Szeged ist Sabine
wieder zum Fahren verurteilt.

Sie hat Mühe, dem schwarzen Mercedes zu folgen. Ach, auf was hatte sie sich da eingelassen. So eine gute Autofahrerin ist sie nicht,
und nachts im Unbekannten überhaupt nicht.

In Novi Sad wird auf einem großen Rastplatz
Halt gemacht. Es ist noch stockdunkel. Es
rasten auch sehr viele Fernlaster. Astrid
und Mech erklären warum gerade auf diesem abgelegenen unbeleuchteten Parkplatz gehalten
wird. „Ach, weeste Sabine, die Brummis sind
eene verschworene Gemeinschaft, ehrenwerte
Kumpels, da sind wir sicherer als bei einem
Motel."

Jules erklärt den nächsten Zeitplan. Sie
werden bis auf ein paar kurze Zwischenstopps
die gesamte Strecke durchfahren. Bei der
Grenze in Edirne hätten sie einen längeren
Aufenthalt, bis alle Formalitäten erledigt
sind. Deshalb müssen sie so schnell als möglich am Ziel sein.

Von der Landschaft ist in der Dunkelheit nichts zu sehen. Sabine versucht, ein wenig zu schlafen.

Schatten fliegen schemenhaft an ihnen vorüber. Es ist nur das leise Surren des Motors zu hören, plötzlich befindet sie sich in einem Traumland. Sie fällt eine steile Felswand hinunter, aber sie schwebt im Traum wie mit einem Fallschirm, der freie Fall nach unten wird zu einem schönen Endlos-Erlebnis.

Als sie die Stadt Belgrad durchfahren, wacht sie auf. Eine hellbeleuchtete Großstadt. Sie sind bereits fünfzehn Stunden unterwegs. Bald durchqueren sie Bulgarien. Bis jetzt hatten sie auch keine allzu langen Wartezeiten an den Grenzen.

Nach Nys wird es langsam heller. Sabine muss wieder ans Steuer. Das tut ihr leid, denn die Landschaft in Bulgarien fasziniert sie. Die Straße ist sehr hoch gelegen, sie fahren durch ein Gebirge, kein einziges Haus ist zu sehen. Es sieht aus, als ob sie in einen Karl-May-Film gelandet wären. Lange Zeit fahren sie fast allein, anschließend Obstplantagen, umrandet mit Bewässerungsgräben. Nur ab und zu ist ein Gehöft zu sehen.

Erst als sie Sofia näher kamen, wurde die
Straße wieder dicht befahren. Deshalb weiger-
te sich Sabine auch sich ans Steuer zu setzen. Der Rest der Strecke ist sie nur mehr
Beifahrerin, basta. Außer dass man verdammt
aufpassen musste, war nichts Außergewöhnli-
ches. Die entgegenkommenden Laster rasten als
ob der Teufel hinter ihnen her wäre.

In Plovdiv hatte sie erstmals das Gefühl, dem
Orient nahe zu sein. Sie sahen Moscheen und
auch die Häuser und Menschen die vorüber
huschten vermittelten diesen fremdländischen
Eindruck.

Nun waren sie mehr als zwanzig Stunden unterwegs. Bald werden sie an der Grenze in
Edirne sein. Jules kam ihr immer nervöser
und launischer vor. Sabine wagte nicht einmal
mehr ihn anzusprechen.

Sie fuhren Richtung Zollabfertigung. Es war
faszinierend. Woher kamen plötzlich die vielen Autos? Ein riesiger Vorplatz in denen
sich fünf Spuren Autos zu den Grenzkontrollen
drängelte. Es sah aus, als ob eine Schafherde
sich durch ein schmales Gatter drängt. Die
Nachmittag-Sonne brannte Heiß auf sie. Obwohl
das Auto mit Klima ausgerüstet ist, mussten
sie doch immer den Motor abstellen, so sto-
ckend ging die Zollabfertigung voran.

Mech, der Fahrer des schwarzen Mercedes stieg aus und kam zu den beiden an die Seitenscheibe. „Jules fahre hinter mir her, wir nehmen die Spur Nummer 5, mein Cousin hat dort heute Dienst, er ist Zöllner, dann geht es ohne lange Kontrolle weiter." Also Spur wechseln, wieder hinten anstellen. Sabine ist durstig und ausgelaugt. Die Männer sind nervös, Sabine denkt, hoffentlich ist alles ok. Denn irgendwie kommt ihr die Sache schleierhaft vor, in einem bulgarischen oder türkischen Gefängnis will sie nicht landen.

Endlich sind sie beim richtigen Beamten, Jules und Mech gehen mit ihm ins Zollgebäude um die Formalitäten zu erledigen. Der Silber Mercedes soll ja in der Türkei bleiben. Ja ihr kann es egal sein, am besten nichts wissen. Es wird langsam dunkel. Nun geht die Fahrt endlich weiter.

Sie fahren der Riesenstadt Istanbul entgegen. Sie hatte ein Lichtermeer erwartet, und sie kann es kaum fassen. Nur Dunkelheit empfängt sie. Schattenhaft sah man Riesengebäude, Waren es Moscheen? Geisterhaft ruhig die breiten Einfahrtstraßen. Als sie in der Nähe des Frachthafens ankamen waren sie am Ziel. In einem kleinen Hotel, in dessen Hinterhof die Wagen geparkt wurden, sollten sie nächtigen.

Es gab nur Tee und Brötchen als Begrüßungs-Snack. Sie alle wollten nur eine heiße Dusche, Zähne putzen und schlafen. Endlich in einem Bett.

Astrid und Sabine teilten sich ein Zimmer. Es war schlicht eingerichtet, aber sauber. Sogar mit einem „normal westlichen WC ausgestattet. An die Orientalischen, die aussahen, wie eine Dusche mit kleiner Öffnung konnte sie sich nicht gewöhnen.

Trotz Müdigkeit, oder wegen Überanstrengung konnten beide nicht einschlafen. Astrid: „Sabine, kannste och nicht schlafen?"

Beide beschlossen einiges aus ihrem Leben zu erzählen. Vielleicht lenkt das ab. Astrid studiert noch. Sie hatte sich der Sozialwissenschaft verschrieben. Sie hatte ihren Mech bei einer Autopanne kennen gelernt. Er ist leidenschaftlicher Automechaniker und die Heirat mit einer Deutschen ermöglichte ihm leichter in der BRD zu arbeiten. Er sei kein streng Gläubiger, und sie verstünden sich prächtig. Er unterstützt sie sodass sie ihr Studium finanzieren könne. Diese Auto-Überstellung sei auch eine kleine Aufbesserung ihres Budgets, verbunden mit Urlaub und Kennenlernen seiner Familie. Bis zum Einschlafen waren beide sehr vertraut.

Der nächste Morgen war hell und sonnig. Das dumpfe Motorenstampfen der Schiffe und auch der Lärm der Straßen drangen zu ihnen. Den ersten Ruf des Muezzins hatten sie verschlafen. Zum Frühstück gab es Cai (das ist der gut aromatisierte Tee) und ein wundervolles knuspriges Blätterteig-Gebäck. Jules hatte versprochen, dass sie am Abend nach Graz zurück fliegen. Der Vormittag war für eine Stadtführung durch den Großen Bazar geplant. Mittagessen am Meer nahe dem Bosporus. Was wünschte man sich mehr?

Ein Angestellter des Auftraggebers holte sie mit einem Auto ab. „ Die beiden Mercedes waren nicht mehr im Hof. Was war geschehen? Jules und Mech, der als Dolmetscher fungierte, verhandelten mit diesem etwas lautstark. Sabine fragte: „Ist etwas nicht in Ordnung, Jules?"

„Misch dich nicht in Angelegenheiten, die dich nichts angehen." War die Antwort.

Der Vormittag hätte sehr interessant und schön sein können, aber viel zu kurz um die Wunder des Orients voll zu erfassen. Sie fuhren an allen bekannten großen Moscheen vorüber. Die Namen derselben wollte sie zu Hause nochmals recherchieren. Den Großen Bazar, mit seinen antiken Rundgewölben wollten sie unbedingt besuchen. Dieser war erfüllt vom bunten Treiben der Menschen. Die Gerüche der Gewürze und die vielen Goldschmiede und Teppichhändler wirkten wie Opium auf sie. Sie könnte tagelang durchgehen und hätte noch nicht alles gesehen

Auch der anschließende Ausflug zu einem Restaurant direkt am Meer war ein Traum.

Die einzelnen Gerichte waren Sabine völlig fremd, aber schmeckten herrlich. Einziger Wermuts-Tropfen war das Verhalten von Jules. Er war nervös und abwesend. Als Sabine ihn fragte, ob sie nicht bald zum Flughafen müssen, sagte er: „Wir fliegen heute nicht."

„Was bedeutet das, Jules, wir haben vereinbart, nicht länger als vier, höchstens fünf
Tage unterwegs zu sein. Du weißt, dass ich
mich beim Arbeitsamt melden muss wegen meiner
Umschulung.“

Er antwortete: „Es sind Komplikationen einge-
treten, die nicht vorgesehen waren, deine
Hälfte des Honorars hast du schon erhalten,
den Rest bekommst du jetzt. Die Autos wurden
in der Nacht gestohlen. Ich habe noch bei der
Versicherung und bei den Behörden zu tun.“

Wie konnte das passieren? Beide Autos weg.
Das kam Sabine sehr verdächtig vor. Was nun.

Sie ist verzweifelt.

Längere Zeit bleiben kann sie nicht, sie muss
zurück. Aber wie kommt sie zurück, allein?

Jules saß ganz ruhig, die Hände verschränkt
zurückgelehnt, lächelte er sie an:

„Ja, so ist das Leben, man muss auch flexibel
sein.“

In diesem Moment bricht der fiese Charakter
von Julian Casetta durch. Es klang fast höhnisch, als er das sagte. Wahrscheinlich wusste er von Anfang an, dass diese Aktion länger
als vier Tage dauert. Ob es nicht geplanter
Versicherungsbetrug war? Sabine hängt mit
drin. Sie kann nur schweigen.

„Jules, wir hatten aber vereinbart, dass wir beide zurück fliegen."

„Sabine, ich habe schon gesagt, man muss flexibel sein, die zwei Flugkarten wurden storniert. Deshalb habe ich ein Ticket für einen späteren Zeitpunkt für mich bekommen. Wenn ich das nicht akzeptiert hätte, wäre alles futsch."

7.Kapitel

Mechmet schaltet sich ein: „Die einfachste
und billigste Art nach Wien zu kommen ist ein
Reisebus mit Gastarbeitern. Ich bin damit
schon öfter nach Wien gekommen. Ich werde
das für dich organisieren." Sabine hatte
Angst, aber was blieb ihr anders übrig?

Jules blieb im Restaurant zurück, Astrid und
Mech brachten sie mit einem Taxi zum Busbahn-
hof. Sie sah nichts mehr von der schönen
Stadt. Auch nicht die vielen zerbeulten Autos
die neben ihnen in mehreren Reihen nicht mit
Blinkzeichen sondern einfach mit einer Hand-
bewegung den Spurwechsel anzeigten. Ob sie
mit so einem Fahrer auch ohne Nervenkrise zu
Hause ankommen würde?

Die Angst kroch in ihr hoch, der Mund war
trocken sie konnte kaum atmen.

Nun war sie das zweite Mal von Jules ent-
täuscht und belogen worden.

Aber was konnte einer arbeitslosen mittello-
sen Frau anderes passieren, als ausgenützt zu
werden. Das war ihr Schicksal. Der freie Fall
nach unten, immer weiter bis sie am harten
Boden aufschlug und zerbrach.

Der Bus, mit dem sie nach Hause reisen sollte, war schon voll besetzt.

 Aber Mech schaffte es irgendwie, für sie
noch einen Platz zu ergattern. Der Großteil
der Reisenden waren Familien mit Kleinkin-
dern. Die Babys machten sich auch lautstark
bemerkbar und der Geruch war auch dementsprechend. Das konnte ja heiter werden. Aber
einen Vorteil hatte das Ganze. Die Angst brö-
ckelte langsam von ihr ab. Über all diesen
Alltäglichkeiten schwebte ein Flair von Familie. Sie kuschelte sich in ihre Jacke und
versuchte abzuschalten. Natürlich wurde sie
von den anderen Mitreisenden misstrauisch be-
äugt. Sie war die einzige Ausländerin. Sie
saß neben einer älteren Türkin mit Kopftuch
und weitem langen Rock. Ein breites Tuch hatte sie wie einen Schal um den Körper gewickelt. Sie kaute unentwegt irgendwelche Nüs-
se. Der Bus hatte sich langsam ratternd in
Bewegung gesetzt. Die kommenden 36 Stunden
war ihr Schicksal mit diesen Menschen verwo-
ben.

Sabine ließ den vergangenen Tag Revue passieren. Anstrengend war die Fahrt zum Tor von
Europa. Doch auf eine seltsame Art auch
schön. Diese Stadt war beeindruckend wie das
Aroma von Myrrhe und Zimtnelken und Minze.
Die Menschen denen sie begegnete, waren allesamt freundlich, sie hatte nie das Gefühl,

fremd zu sein. Schade, dass sie nicht Zeit hatte, länger zu bleiben. Allerdings nicht mit Julian. Seine Geschäfte waren wahrscheinlich kriminell.

Sie war eingeschlafen, als sie an der Seite an gestupst wurde: „Magst du Cai?" Ihre Sitznachbarin hatte sie angesprochen. „Wir eine große Familie. Sohn, Kinder, und Enkel."

Sabine empfand es als sehr beruhigend, dass ihre Sitznachbarin deutsch spricht.

Sie erfuhr, dass sie in den Siebziger-Jahren des vorigen Jahrhunderts ihrem Mann nach Wien gefolgt ist. Der war einer der vielen Gastarbeiter, die nur kurz Arbeit gesucht hatten, und dann doch geblieben sind. „Wir haben schöne Wohnung in Mödling. Ich habe Angst vor Flugzeug, deshalb besser mit Autobus. Bus gehört Neffen von mir."

Sabine nimmt einen Becher Tee dankbar an und freut sich auch über die Kekse.

Sie erzählt dass sie mit einem Freund nach Istanbul gefahren sei, der noch bleiben müsse, weil das Auto gestohlen wurde. Was ihre freundliche Nachbarin darauf erwiderte, verstand sie nur so viel ‚Bande, oder Russen-Mafia.

Der Tee hatte sie erwärmt, und sie fühlte sich schon immer besser.

Den Grenzaufenthalt in Edirne nahm sie gelassen hin, obwohl diese Kontrolle ewig dauerte. Die Zollbeamten durchsuchten jede Ritze des Busses. Sabine befragten sie besonders eingehend, warum sie allein fuhr, und wie sie in das Land gereist sei. Sie sagte fast wahrheitsgemäß, dass ihr Freund noch geschäftlich zu tun hätte.

Endlich ging die Reise weiter, es war schon fast dunkel. Mittlerweile fühlte sie sich im Bus mit den türkischen Landsleuten richtig wohl. Das Radio spielte lautstark Folklore-Musik. Und alle unterhielten sich fast gleichzeitig untereinander, teils auf Wienerisch, teils Landessprache türkisch. Trotz des Lärms war sie eingeschlafen. Sie wurde erst wach, als in den Morgenstunden auf einem Parkplatz eine Pause gemacht wurde. Woher die ganzen Köstlichkeiten, die aufgetischt wurden, plötzlich kamen, war ihr ein Rätsel. Es gab Kaffee, herrlich schwarz türkisch, Cai, Säfte, Blätterteig-Taschen mit verschiedenen Füllungen. Außerdem auch Deftiges, wie Grillwürste, Paprika und Fladenbrot. Sabine kam sich vor wie im Schlaraffenland. Nun war sie gar nicht mehr böse, weil sie allein ohne Jules und Flugzeug nach Hause fuhr, denn sie hatte sich mit ihren Nachbarinnen schon angefreundet. Besonders mit Alisha, einer junge

Frau, die in der Türkei geboren wurde, aber
als Zehnjährige nach Wien kam. Sie sollte mit
14 traditionell verheiratet werden. So wollten es ihre Großeltern. Sie hatte aber das
Glück, dass ihre Eltern nicht so streng mus-
limisch waren. Sie gingen nach Österreich um
zu arbeiten und nahmen ihre Tochter mit.
Weil sie ein sehr begabtes Kind war, erhielt
sie ein Stipendium und wurde Dolmetscherin.
Trotz der modernen westlichen Einstellung
blieb sie ihren Wurzeln treu. Und im Vorjahr
heiratete sie einen Landsmann. Er ist Arzt
im Wiener AKH aufgeschlossen, modern und ist
sogar stolz darauf, dass seine Frau ihr eigenes Geld verdient. Er ist Türke und Moslem,
das hat die Großeltern wieder besänftigt und
die Familie ist beruhigt und zufrieden. Das
alles erzählte Alisha von sich und Sabine war
glücklich, mit ihr zu plaudern. Ihre Sorgen
waren vergessen. Das gute Essen zu dem sie
eingeladen wurde tat noch sein Übriges.

Am späten Nachmittag kamen sie in Wien an.
Das wäre die Gelegenheit, ihre Tochter Sabine
zu besuchen. Sie tauschte noch vorher die Telefon-Nummer mit Alisha aus. Sie würde gerne
mit ihr in Verbindung bleiben. Am Mexiko-
Platz stieg sie aus und fuhr mit dem Taxi zum
Studentenwohnheim. Sie konnte Sabine leider
nicht telefonisch erreichen, aber sie kannte
ja ihre Wohn-Adresse.

8. Kapitel

Nun stand sie davor. Die Tür war leider ver-
schlossen, also läutete sie, bis endlich das
Tor geöffnet wurde. Sie erfuhr von einer
Mitbewohnerin, dass ihre Tochter nicht im
Hause sei. Sie war bei einem Austausch-
Seminar in London und kommt nicht vor Ende
des Monats zurück. Ja, wegen ihrer eigenen
Sorgen hatte sie in letzter Zeit so wenig
Kontakt mit ihrer Tochter, sodass sie gar
nichts von ihr wusste. Sie war sehr traurig,
denn es wäre wieder einmal schön gewesen, ei-
nige Stunden mit ihrem Kind zu verbringen.

Also gab es nur mehr den Weg nach Hause mit
dem nächsten Zug. Noch einmal ein Taxi würde
sie sich nicht leisten, also fragte sie sich
durch und kam so mit U-Bahn und Straßenbahn
bis zum Bahnhof. Sie hasste Rolltreppen und
das Grau der Bahnhöfe. Wann immer sie auf einem Bahnsteig warten musste, es war zugig und
kalt.

Beim Einsteigen drängten sich die Menschen
und boxten sich den Weg frei, als ob es ein
Kampf ums Überleben wäre. Verschwitzt und müde saß sie endlich eingepfercht in einem Zug-
Abteil und freute sich auf ihr Zuhause. Sie
träumte von einem Vollbad mit herrlich duf-
tendem Badeschaum. Endlich wieder in ihrem
eigenen Bett schlafen."Aahh", Lustvoll waren
ihre Gedanken, sie stöhnte und seufzte, so
erlebte sie ihr kommendes Glück von einem

weichen Bett und ausgiebigem Schlaf. Bis sie
von einem Sitznachbarn angesprochen wurde:
„Ist Ihnen schlecht, was haben Sie?" Sie
schlug die Augen auf und wurde rot. „Nein,
ist es alles in Ordnung, wahrscheinlich habe
ich geträumt."

Ein anderer gegenüber schaute sie an und lächelte süffisant: „Ach, bei dem Traum möchte
ich gerne die Hauptrolle spielen." Ihre Ge-
sichtsfarbe wurde noch eine Spur röter, denn
es war offensichtlich, was der fette Glatz-
kopf gegenüber damit sagen wollte. Sie fühlte
sich völlig hilflos und wusste nicht, was sie
sagen sollte. Am liebsten würde sie das Abteil verlassen, aber draußen am Gang staute
es sich auch von Menschentrauben, die bei der
nächsten Haltestelle den Zug verlassen wollten. Die Augen schließen und mit den Gedanken diese hässliche Situation weg zaubern,
mehr konnte sie nicht tun.

Endlich war Bruck erreicht und ihre Sitznachbarn stiegen aus. Nur noch einige Stationen
und die Heimat hatte sie wieder.

Zum Glück hatte Sabine nach der anstrengenden
Rückfahrt aus Istanbul ein paar Tage Zeit zum
Regenerieren. Aber am Montag begann der
erste Tag des Umschulungskurses. Das Gebäude,
in dem der Kurs stattfinden sollte, war gar
nicht so einfach mit dem Bus zu erreichen. Es

lag etwas westlich der Stadt, von außen glich es dem Finanzamt-Bürohaus. Beim Betreten empfingen sie in den Gängen viele Wartende. Sie sprach eine junge Frau an: „Sind Sie auch für den Kurs bestellt?"

„Ja, aber vorher muss sich jeder von uns ausweisen und eintragen, deshalb staut es sich. Anschließend kommt der Eignungstest."

Das wird ja immer spannender. Wenn der nur nicht zu schwer wird. Sie fürchtete eine Blamage, sie hatte sich zwar immer weiter gebildet, aber die Schulzeit ist doch schon einige Jahre vergessen. Endlich hat sich die Schlange weiter bewegt und sie ist an der Reihe. Auch diese Beamtin ist sehr jung. Ist sie denn heute die einzige um die Vierzig?

Sabine gibt ihr Formular ab und erhält den Prüfungsbogen und den Platz zugewiesen. Daneben sitzt die Junge, mit der sie kurz zuvor gesprochen hatte.

„Ich bin die Siegrid, und du?" „Ich heiße Sabine, auf gute Nachbarschaft", antwortet sie. Siegrid war schon sehr erfahren beim Ausfüllen der Testbogen. Sie machte ihre Kreuzchen in einen Höllentempo. Nur leider gab es kein Abschreiben, denn jeder erhielt andere Testaufgaben. Bei den allgemeinen Fragen kam Sabine auch relativ leicht und schnell voran. Aber bei der Mathematik haperte es. Das war schon in der Schule ihr Problem.

Trotzdem war sie in ihrem Beruf sehr erfolgreich. Es gibt ja Rechner und EDV zur Unterstützung. Nach zwei Stunden war der Test beendet.

Morgen sollte es noch Einzelgespräche geben und je nach dem Ergebnis des Tests werden die Teilnehmer zum Kurs eingeteilt.

Erleichtert und erschöpft verließ Sabine die Schule. Den anderen war sicher ähnlich zumute, denn man konnte gar nicht so schnell schauen, war die Gruppe verschwunden.

Draußen empfing sie ein milder Herbst. Die Blätter der Bäume leuchteten gelb und rot in der Sonne. Der Blumen-Kiosk war mit Chrysanthemen und Erika-Heide-Kraut beladen. Ein Gefühl von Abschied und Friedhof lag in der Luft. Sie beschloss, bis zur nächsten Bus-Haltestelle zu laufen um den Zug zu erreichen. Sie beschloss den freien Nachmittag zu genießen und zu Hause einen Ausflug entlang der Mur zu machen.

Rasch war ihr Essen, die Nudeln fertig gekocht, dazu gab es Fertig-Gemüse und los ging es.

Gesagt, getan, sie radelte Richtung Süden. Ruhig floss die Mur, plätschernd und gurgelnd bei den Strudeln. Wenn ein Schwarm Vögel aufgeschreckt ans andere Ufer flog, wurde die Stille durch das Gekreische unterbrochen.

Weiden und Birken verloren ihr Laub. Der Holunder sträubte sich noch hartnäckig. Er wollte nicht sterben und die Blätter klammerten sich mit schon etwas welkem Grün an die Äste. Langsam kroch Nebel über das Wasser, wurde dichter, die Hexenküche begann ihr Werk. Es wurde höchste Zeit, umzukehren, der Ausflug begann ungemütlich zu werden. Im Briefkasten lagen: viel Werbematerial, eine Mahnung der Bank, und ein Schreiben eines Lebensmittelkonzerns. Sie sollte zu einem persönlichen Gespräch nach Bruck kommen. Das war ja eine gute Nachricht.

Sie rief am nächsten Tage gleich an und bat um einen Termin. Übermorgen um 9 Uhr sollte sie in Bruck sein. Das wollte sie auf jeden Fall wahrnehmen, den Kurs dafür versäumen nahm sie in Kauf. Wieder einmal begann das Pflänzchen der Hoffnung zu sprießen. Zaghaft und winzig. Sie wollte arbeiten, sich und ihre Wohnung erhalten.

Am nächsten Tag besuchte sie nach langer Zeit am Abend ihre Freundin Sofie. Sie wurde wie immer gut bewirtet. Kaffee und der Apfelstrudel ihrer Freundin waren legendär. Aber das Wichtige war, dass sie ihre Sorgen im Moment vergaß. Einfach nur im Wintergarten zu sitzen, und das leichte Nachbarschafts-Geklatsche zu hören. Sabine erzählte von ihrem Kurs. Ihre Abenteuer-Fahrten mit Julius Casetta blieben ihr Geheimnis.

„Stell dir vor, Sabine, dein Ex-Gatte hat uns eingeladen. Er will seine neue junge Ehefrau in der Nachbarschaft gesellschaftsfähig machen."

Einen Stich gab es Sabine, als Sofie ihr diese Neuigkeit brühwarm erzählte. Denn sie hatte zurzeit größere Sorgen. Das sogenannte Einzelgespräch für die Umschulung heute wollte nicht aus ihren Kopf, es erschien ihr wie eine Farce.

Eine ganz junge Psychotherapeutin informierte sie über das Testergebnis. Wo ihre Stärken und auch Schwächen seien. Wenn Sabine ehrlich darüber nachdachte. Alles was ihr gesagt wurde, glaubte sie schon zu wissen. Ihr wurde geraten, weil sie ein außergewöhnlich starkes Sozial-Empfinden hätte, eine Umschulung als Altenpflegerin oder Behinderten-Betreuerin in Erwägung zu ziehen. Dies war für sie eine komplett neue Situation, die wohl zu überlegen sei. Aber eigentlich war sie als Buchhalterin sehr zufrieden und ausgefüllt. Sie wäre nie auf die Idee gekommen, ihren Beruf aufzugeben. Außerdem gab es wegen der Gesetzesänderungen ständig Nachschulungen, so konnte man bei diesem Beruf nie einrosten.

Irgendwie hatte sie so ein Gefühl, dass sich für diese Umschulung zu wenig Anwärter meldeten und deshalb diejenigen dorthin geschickt wurden, die am wenigsten Widerstand leisteten, vor allem die Älteren.

Sie hatte diesen Vormittag im Gedanken, als Sofie ihr diese Nachricht der Einladung übermittelte. Sie war verzweifelt. Werners Probleme möchte sie haben. Sie kämpfte gegen ihre Tränen an.

„Entschuldige, ich dachte, du seist schon ein wenig über die Trennung hinweg. Ich wollte dir das nur erzählen, als gute Freundin. Nicht dass du es von anderen erfährst. Mein Mann hat schon zugesagt, ohne mich zu fragen. Aber du wirst es verstehen, er sagt, alles wäre ja eure Privatangelegenheit."

„Ach weißt du, Sofie, ich bin dir nicht böse, sondern dankbar für deine ehrliche Freundschaft. Ich habe kommende Woche wieder einen Vorstellungs-Termin, bitte drück mir die Daumen."

Sofie erzählte noch einigen Nachbarschafts-Klatsch. Das war eine gute Ablenkung ihrer Sorgen. Anschließend war Sofie so lieb und brachte sie mit dem Auto nach Hause. Denn Sabine war ja mit dem Zug unterwegs.

Am Sonntag nahm sie den Vormittag zum Anlass, ein wenig Ordnung in ihre Wohnung zu bringen. Auch ihre Zeugnis-Kopien und Le-

benslauf kamen in eine Mappe. Sie wollte gut
gerüstet zum Termin nach Bruck kommen.

Am Nachmittag ging sie wieder dem Mur Weg
entlang spazieren. Sie liebte diesen Weg, der
so verwachsen und ein wenig verwildert war,
aber gerade deshalb, denn so konnte man der
Natur am nächsten sein. Außer Wildvögel und
ab und zu ein Eichhörnchen begegnete man niemand. Ach, ja auch Fische, die beim ruhigen
aufgestauten Wasser in die Luft sprangen wenn
sie gar zu übermütig wurden. Das war auch
ein Spiel mit dem Feuer, denn irgendwo gab es
immer einen Wildvogel der auf so einen fetten
Happen wartete.

Schade, dass es mit Paul so ein schnelles Ende genommen hatte. Sie dachte oft an seine
blitzblauen lachenden Augen. So oberflächlich
hatte sie ihn nicht eingeschätzt. Nur mit ein
paar Worten auf dem Papier und seiner Handy-
Nummer, die nicht funktionierte, hatte er
sich verabschiedet und in Luft aufgelöst.
Den gemeinsamen Abend verbrachten sie mit so
interessanten Debatten, wobei sie viele Gemeinsamkeiten entdeckten. Ihn hätte sie wirklich gerne noch näher kennen geler

9. Kapitel

Wie sie am Montag das Fernbleiben vom Kurs
erklären sollte, wusste sie noch nicht. Wenn
sie eingestellt wurde, konnte sie auf die Umschulung verzichten, wenn nicht, was dann?
Für das erste glaubte sie am besten einen
Arztbesuch als Grund anzugeben. Hoffentlich
verlangen die keine Bestätigung.

Montag früh: An Essen war nicht zu denken, so
aufgeregt war sie. Wieder ordentliche, solide
Kleidung, ihre Lieblingsfarbe dunkelblau. Um
halb acht mit dem Zug nach Bruck. Sie war um
acht schon in der Stadt. Das Büro des Lebensmittel-Konzerns war leicht zu finden. Nun
musste sie eine Straße weiter gehen, denn sie
konnte nicht eine Stunde zu früh kommen.
Schnell einen Eduscho-Kaffe zur Stärkung
trinken, dann beim Berufsförderungs-Institut
anrufen und den „Arzt-Besuch" melden. Inzwischen war die Zeit vergangen und sie betrat
das Bürogebäude, worin sie ihre ganze Erwartung setzte.

Die Eingangstüre war aus Holz, weiß gestri-
chen, der Lack blätterte ab und das Milch-

glas-Fenster trüb. Entweder gehörten die goldenen Zeiten des Konzerns der Vergangenheit an, oder die Zentrale in Wien ist ein moderner Protz Bau und die Außenstelle wird vernachlässigt.

„Guten Morgen, mein Name ist Sabine Kaiser, ich habe heute um 9 Uhr einen Vorstellungstermin." Sie sagte das so freundlich und beschwingt wie möglich. Der Raum, den sie betrat, war dunkel. Vier Schreibtische mit PC und Zusatzbeleuchtung waren besetzt. Drei junge Damen und eine schon in die Jahre Gekommene, blickten entgegen und antworteten etwas zögerlich. „Guten Morgen."

Die Ältere stand auf und sagte: „Der Herr Pfeifer ist noch nicht im Hause, nehmen Sie inzwischen Platz, mein Name ist Winter, ich gehe demnächst in Pension. Meine Stelle soll neu besetzt werden."

Und die Blondine, die ihr gegenüber saß, fragte: „Darf ich einen Kaffee anbieten, oder einen Saft?"

„Nein, danke, ich habe gerade einen Kaffee getrunken."

Kaum hatte sie das gesagt, ging die Tür auf und ein junger Herr betrat den Raum. Sehr sportlich wirkend, etwas zu arrogant drein blickend, rauschte er durch den Raum. Im Vorbeigehen grüßte er Sabine flüchtig, sagte zur

Blondine: „Bringen sie mir einen Mokka ins Büro." Und war hinter der Tür verschwunden.

Frau Winter blickte Sabine fast entschuldigend an. „Das war Herr Pfeifer, er hat es immer sehr eilig. Ich werde Sie dann anmelden, er hat sicher ihren Termin übersehen."

Frau Winter nahm der Blondine die Kaffee-Tasse ab, klopfte und betrat das „Allerheiligste". Nach fünf Minuten kam sie heraus und sagte. „Herr Pfeifer empfängt Sie." Sabine war nach diesem Auftritt der ganze Mut vergangen und sie ging mit klopfendem Herzen in das Chef-Büro.

Herr Pfeifer saß hinter einem riesigen Schreibtisch, das Handy mit Freisprechanlage hinters Ohr geklemmt, erhob er sich kurz und bot ihr einen Platz gegenüber an. Er telefonierte weiter und man konnte aus dem Gespräch entnehmen, dass er sehr verärgert war, weil eine Fracht aus Südamerika nicht zeitgerecht angekommen war.

Endlich war die Diskussion beendet. Er sagte: „Es tut mir leid, dass ich unseren Termin übersehen habe. Ihre Zeugnisse sehe ich mir später an. Frau Winter wird demnächst in Pension gehen und ich suche eine gleich tüchtige Nachfolgerin für sie. Sie sollten sämtliche

Bankzahlungen und Zollerklärungen durchführen können. Da ständig eine Kraft in Mutterschutz geht, nehme ich an, dass ihre Familienplanung diesbezüglich schon abgeschlossen ist, oder?"

„Ich traue mir dieses Aufgabengebiet schon zu und außerdem habe ich eine erwachsene Tochter."

„Na, dann ist es ja gut, Sie werden von uns hören, ich habe noch einige andere Bewerberinnen. Guten Tag." Damit war sie entlassen.

Sie verabschiedete sich sehr freundlich von den Damen im Vorzimmer-Büro.

Frau Winter versprach, Sabine gleich anzurufen, wenn sie das Ergebnis der Vorstellungsgespräche erfuhr.

Dieser war wieder der gesamte Optimismus vergangen.

Ganz niedergeschlagen ging sie zum Bahnhof. Sie musste nach Graz fahren, und den Vorbereitungskurs wieder besuchen. Der Bahnsteig war zugig und trist. Hier hatte sich in den letzten Jahrzenten nicht viel verändert. Alles war verrußt und erschien veraltet. Sie selber fühlte sich genauso. Warum war vierzig so ein schlimmes Alter? Wenn man es richtig betrachten würde, wäre es doch das beste Alter für die Gesellschaft.

Man ist voll leistungsfähig, hat die jugendlichen Faxen mit dem Drang nach Veränderung hinter sich. Aber nein, man war zu alt. Und diejenigen, die dies propagieren sind entweder selber schon um die siebzig oder Grünschnäbel die just das Studium hinter sich haben.

Die schnarrende Stimme des Lautsprechers verkündete die Einfahrt des Zuges. Deshalb wurden ihre düsteren Gedanken ein wenig verdrängt. Sie half einer älteren gebrechlichen Dame den Rollkoffer in den Zug zu heben.

„Herzlichen Dank, junge Frau, man trifft nicht oft hilfsbereite Mitreisende. Die meisten Menschen schauen weg, wenn sie helfen sollten."

„Aber, das ist ja selbstverständlich."

Sie setzten sich ins gleiche Abteil. Die Frau war sehr gesprächig und Sabine war es recht, denn so wurde sie von ihren Sorgen abgelenkt.

„ Sie müssen wissen, normalerweise bin ich für mein Alter noch recht fit. Ich gehe täglich mindestens eine Stunde spazieren. Aber ich komme gerade von einer Kur nach einer Hüft-Operation. Ach, meine Kinder sind leider zu sehr beschäftigt. Sonst hätten sie mich abgeholt. Diese drei Wochen der Kur haben mir sehr gut getan. Ich fühle mich fast wieder hergestellt. Nur muss ich einige Zeit etwas kürzer treten und keine schweren Sachen heben, aber schwimmen und Walken darf ich wieder. Wissen Sie ich wohne in der Nähe vom Hilmteich in Graz, und da gibt es so schöne Wanderwege. Dort drehe ich täglich meine Walking-Runden. "

Sie war gar nicht mehr zu bremsen mit ihrem Redefluss.

Sie kramte in ihrer Handtasche und holte ein Foto hervor. „Sehen Sie, junge Frau, das ist mein Sohn." Es zeigte einen Herrn mittleren Alters vor einem Sportwagen. Das Handy am Ohr. Das darf doch nicht wahr sein, diesen Mann kannte Sabine doch. Das war ja dieser Herr Pfeifer, bei dem sie vor einer Stunde das kurze Vorstellungsgespräch hatte. Da wundert es einem nicht mehr. War das Zufall?

„Entschuldigen Sie die Frage, heißt Ihr Sohn mit Nachnamen Pfeifer?"

„Ja, das ist auch mein Name, woher kennen sie ihn"

Sabine schaute ihr Gegenüber an und überlegte, ob sie ihr erzählen sollte, dass sie erst vor einer Stunde ihm gegenüber gesessen war, um sich für einen rettenden Job zu bewerben. Die alte Dame wirkte so sympathisch, ganz anders als ihr arroganter Sohn.

Sie war elegant, aber dezent gekleidet. Im alpenländischen Trachten-Stil mit einer weißen Bluse, dekoriert von kleinen Hirschen. Der Loden-Umhang passte genau zum gesamten Outfit. Auch die Strickjacke und sogar die Frisur vervollständigten das Erscheinungsbild der Dame.

Besser war es, nichts zu sagen, also ließ sie sie weiter plaudern. Sie hatte wahrscheinlich wenig Gelegenheit sich auszutauschen. Also erzählte sie, wie schön der Aufenthalt im Kurheim war, der Professor persönlich hätte sie betreut. Das Essen wäre auch sehr gut und die nachmittäglichen Bridge-Runden sehr anregend.

Ihr Ziel Graz war fast erreicht.

Die alte Dame sagte zu Sabine.

„Vielleicht haben Sie einmal Zeit und besuchen mich einmal. Sie waren so hilfsbereit das trifft man nicht jeden Tag. Außerdem war es schön, mit Ihnen Konversation zu pflegen.

Hier ist meine Karte mit Telefon-Nummer und Adresse."

Sabine nahm dankend an, half ihr noch aus dem Zug und begleitete sie bis zum Taxi-Stand.

„Bis bald, ich würde mich freuen."

Ein Blick auf die Visitenkarte aus feinstem Büttenpapier fiel besonders wegen des Familienwappens auf. Frau Ottilie Pfeifer, geborene Ottilie von Hohenstein usw.

Erleichtert half Sabine ihre Zugsbekanntschaft noch ins Taxi, die Zugsbekanntschaft war dann doch ein wenig anstrengend geworden. Ihr Redefluss war nicht mehr zu bremsen.

Hätte sie ihre Schicksals-Bekanntschaft um Hilfe bitten sollen?

Nein, das wäre ihr doch zu aufdringlich vorgekommen.

10. Kapitel

Im Berufsförderungs-Institut war ihr vormittägliches Fehlen gar nicht bemerkt worden. So konnte sie sich die Ausrede Arztbesuch sparen.

Ihre Platznachbarin, Siegrid war so nett und gab ihr Kopien der Arbeits-Aufgaben, die sie rasch abschreiben konnte. So hatte sie nichts versäumt. Trotzdem hoffte sie noch immer, bald eine feste Anstellung als Buchhalterin zu bekommen.

Die Tage vergingen, und nichts rührte sich. Täglich fuhr sie zum Kurs. Danach war ihr erster Weg zum Briefkasten. Leider keine Zusage einer ihrer Bewerbungen.

Der Weg zur Bank war ein Alptraum. Es gab zwar eine Überweisung des Arbeitsamtes. Aber diese schluckte wieder die monatliche Abbuchung für Strom und Betriebsausgaben. Die

Kredit-Rückzahlung war wieder einmal einge-
froren.

Am Donnerstag: Endlich ein Anruf aus Bruck,
sie erhielt eine Zusage.

Arbeitsbeginn: Kommenden Montag zur Probe.
Vor Freude machte sie einen Luftsprung.

Aber was bedeutet, zur Probe? Der erste Über-
schwang wurde sogleich gedämpft. Sie überlegte, was sollte sie mit dem geförderten Kurs
machen. Wenn sie aufhörte, dauert es wieder
ein halbes Jahr, bis sie eine Chance für einen Neubeginn erhielt. Konnte sie den neuen
Arbeitsplatz nicht behalten, fiel sie wieder
durch den Rost. Sie beschloss, ihre Sitznachbarin Siegrid um Hilfe zu bitten. Diese sollte die Aufgaben der kommenden Woche kopieren.
Sicherheitshalber kann sie zu Hause lernen
und sich einfach ein paar Tage krank melden.
Danach wird sie hoffentlich wissen, ob sie
die Arbeitsstelle mit Vertrag erhält.

Freitagvormittag erzählte sie Siegrid von der
Probe-Anstellung und bat um Hilfe. Siegrid,
ein ganz unkompliziertes Mädchen verstand sie
und sagte: „Es tut mir leid, wenn du nicht
mehr neben mir sitzt, aber ich kopiere die
Aufgaben. Ich mache den Kurs. Der dauert drei
Jahre. Aber ich wohne bei meinen Eltern und
so habe ich keine Probleme."

Das Wochenende verbrachte sie in ihrer Wohnung und las die Prüfungsaufgaben durch. Auch
über den Lebensmittel-Konzern, bei dem sie am

Montag arbeiten durfte suchte sie Informatio-
nen über das Internet in einem Internet-Café
zu finden. Das war ein sehr großes Unternehmen, das besonders in Südamerika die Geschäftspartner und Lieferanten hatte. Einerseits war die Angst vor der nächsten Woche in
ihr, andererseits wuchs wieder das zarte
Pflänzchen Hoffnung, dass sie die Arbeitsstelle behalten durfte.

Montag früh betrat sie pünktlich das Büro,
stellte sich nochmals den vier anwesenden
Kolleginnen vor und erhielt den Arbeitsplatz
neben Frau Winter, die demnächst in Pension
geschickt wird zugewiesen. Diese sollte sie
auch einschulen. Etwas verwundert war Sabine,
weil diese sie sehr zurückhaltend, um nicht
zu sagen frostig begrüßte. Sie zeigte ihr nur
die notwendigsten Arbeitsschritte am PC und
gab ihr auch sofort eine komplizierte Zoller-
klärung. Sie dachte, ihr Kopf sei von einem
Schwarm Hornissen eingenommen worden, so
surrte er. Zum Glück war Frau Maier einige
Zeit im Chefbüro verschwunden. So bat sie die
blondgelockte Kollegin, Fräulein Susi, die
ihr gegenüber saß um Hilfe. Diese war auch
sehr nett und hilfsbereit. Sie flüsterte Sabine zu: „Frau Winter ist normalerweise sehr
nett. Aber sie hat ihrer Nichte schon diese
Stelle versprochen. Nun ist sie beleidigt,
weil der Chef sie übergangen hat.“

Sabine wusste, auch wenn sie sich noch so sehr bemüht, sie wird vor Ende der Probezeit gekündigt werden.

So war es leider auch.

Am folgenden Freitag wurde sie von Herrn Pfeifer persönlich begrüßt und ins Chef-Büro gebeten.

Wie immer, sein Telefon am Ohr, aber trotzdem bat er sie Platz zu nehmen.

„Frau Kaiser, sie machen einen sehr guten Eindruck auf mich. Trotzdem kann ich sie leider nicht einstellen. Ich wusste nichts von den Ambitionen der Frau Winter. Nun hat diese aber schon von einem Vorstandsmitglied in Wien die fixe Zusage für ihre Nichte erhalten. Weil diese auch perfekt spanisch spricht, wird ihr der Vorzug gewährt. Wir haben viele Lieferanten aus Südamerika und Spanien, da kommt uns das sehr gelegen."

Nun also wieder nichts. Keine Hoffnung auf einen Arbeitsplatz. Versteinert und mit rauer Stimme kann sie nur antworten. „Schade, ich hätte sehr gerne bei Ihnen gearbeitet .Ich werde sofort den Schreibtisch räumen. "

Sie verabschiedete sich noch von allen, sehr hastig. Denn sie musste Siegrid erreichen. Hoffentlich hat sie Kopien der Arbeitsaufgaben gemacht. Nächste Woche wird sie wieder beim Kurs weiter machen.

11. Kapitel

Sie war die vier Tage beim Konzern nicht angemeldet gewesen. Das war zwar nicht richtig,

wurde von Frau Winter wohlweislich vergessen. Aber für Sabine konnte das bedeuten, dass sie ohne Unterbrechung den Kurs weiter besuchen durfte.

Eine Woche war Sabine nach Graz gefahren, lernte fleißig, es war sehr interessant aber auch anstrengend. Manches Mal dachte sie, es sei sinnloses Lernen, aber größtenteils war es doch eine gute Auffrischung ihrer Schulbildung. Dieses Seminar war erst die Vorbereitung der eigentlichen Berufs-Umschulung. Welchen anderen Beruf sie ergreifen sollte, wusste sie allerdings nicht. Handwerkliche oder technische Talente konnte sie nicht aufweisen. Na, kommt Zeit kommt Rat. Sie freute sich auf das Wochenende, sie wollte ihre Freundin Sofie besuchen. Wegen ihrer Horrorfahrten mit Casetta war der Kontakt zu ihr völlig eingeschlafen. Und nun besuchte sie wochentags den Kurs.

Heute, Freitagnachmittag will sie mit ihr wieder telefonieren.

Post ist leider auch keine außer Werbung. Sie will gerade die Tür aufsperren.

„Guten Tag, gnädige Frau Kaiser, laden Sie mich auf eine Tasse Kaffee ein. Ihre Nachbarin war so nett und hat mir Gesellschaft geleistet. Bezaubernde Dame, übrigens. Sie hat mich mit ihrem selbst zubereiteten Eierlikör bewirtet."

Sabine erschrickt. Aus der Nachbar-Wohnung tritt Julius Casetta.

Was wollte dieser Gauner wieder von ihr? „Ich habe nicht viel Zeit, eine Verabredung wartet."

Sie drängte Jules schnell in ihre Wohnung, keinesfalls wollte sie im Stiegenhaus mit ihm diskutieren.

„Aber, liebste Sabine, du musst dir Zeit für mich nehmen, ich brauche dich und du benötigst Kleingeld nicht wahr?" Sie fühlte sich in die Enge getrieben. Seinem sogenannten Helfer war sie ausgeliefert, wie kam sie da raus?

„Jules, ich verspreche dir alles zu vergessen, was wir erlebt haben, von deinen Geschäften habe ich offiziell nie etwas erfahren, ok?"

„Ach weißt du schöne Frau, ich habe ja auch genug, ich muss nur einmal eine wertvolle Fracht mit dir von Amsterdam nach Wien bringen dieses Wochenende."

„Ich kann nicht, ich muss am Montag wieder zur Schule."

Jules schaute sie durchdringend an, trank einen Schluck Kaffee, den sie inzwischen zube-
reitet hatte.

„Es geht nicht anders, wenn dir dein Leben
lieb ist."

Also so weit war sie gefallen, sie bezahlte
schwer für ihre Existenz.

„Ich habe für heute um 22 Uhr zwei Flugkarten
nach Amsterdam für uns. Morgen früh fahren
wir mit einem Campingwagen zurück. Wir sind
ein verliebtes Paar auf Flitterwochen. Das
ist alles, spätestens am Sonntagnachmittag
sind wir wieder in Wien."

„Was soll denn das für eine besondere Fracht
sein? Ein Campingwagen ist zwar teuer, aber
so wertvoll auch nicht."

„Er ist deshalb wertvoll, weil ich ihn für
mich gekauft habe. Ich habe den Campingwagen
sehr günstig erworben. Der Verkäufer ist
gleichzeitig der erste Mieter dieses Campers.
Er hat aber zur Bedingung gestellt, dass ein
Camper-Paar das Auto bis zur Übergabe fahren
muss, warum weiß ich nicht. Mit ihm soll daraus mein Geschäft entstehen, ich werde ver-
mieten und habe so die Anschaffungskosten in
Kürze eingenommen. Ich will dann später auch

noch den Fuhrpark vergrößern. Er will ihn schon übermorgen übernehmen. Deshalb ist es so dringend für mich, verstehst du jetzt?"

Sabine wusste, sie hatte keine andere Wahl, sie war gezwungen, diesen letzten Transport zu begleiten.

Sie packte rasch ihr Toilette Zeug und einige Unter-Wechselwäsche. Mehr benötigte sie nicht als Camperin, also am besten rustikal, das war am ehesten glaubwürdig. Aber dann war Schluss, das schwor sie sich. Wenn sie wüsste, wie das auch ohne ihren Schwur zur Tatsache wird, hätte sie jetzt schon nein gesagt.

12. Kapitel

Ein Bekannter von Jules holte sie ab und brachte sie zum Flughafen Wien nach

Schwechat. Die Tickets waren schon besorgt, so sicher war er sich, dass auch Sabine bei der Sache dabei war. Das raubte ihr das letzte Selbstvertrauen. Zuerst war es ihr Ehegatte, dem sie alles recht machen wollte, nur um geliebt zu werden. Jetzt war es dieser wildfremde Jules Casetta. Eigentlich war ihr der von Anfang an unheimlich, aber zurzeit war er die einzige Möglichkeit zu Geld zu kommen. Wie sonst konnte sie ihre Wohnung behalten?

Der Flughafen war ziemlich bevölkert, aber das war ihr gerade recht, so verging die Zeit sehr rasch und sie waren in der Luft. Ein kleiner Imbiss wurde gereicht und Jules bestellte natürlich für beide je ein Glas Champagner. Dieser wurde verrechnet obwohl es wahrscheinlich nur gewöhnlicher Sekt war. Denn woher sollte die arme Stewardess Champagner herzaubern?

Fast Mitternächte checkten sie aus und beide wurden auch schon von zwei Herren empfangen. Typen, die man auf der Straße übersieht, so farblos waren sie. Sie fuhren mit ihnen zu einem abgelegenen Parkplatz. Dort zeigten sie Jules die notwendigste Bedienung des Campers. Sabine wurde der Gasherd in der Küche erklärt, Das hörte sich komisch an, wie er mit dem Dialekt von seinerzeit Rudi Carrell alles erklärte. Zum Glück gab es Straßenkarten und weil alles so modern ausgestattet war, auch mit einem Navi.

„So, Sabine, die ersten drei Stunden fahre ich, dann frühstücken wir gemütlich, und wenn wir in der Bundesrepublik Deutschland sind, fährst du ein paar Stunden und ich schlafe."

Was blieb ihr übrig, sie musste ja sagen. Außerdem sind in der BRD die Autobahnen sehr gut ausgebaut, da traute sie sich ans Lenkrad.

Sie versuchte, die Zeit der Mitfahrt zu entspannen und schlafen. Es gelang nur bedingt. Als es endlich heller wurde und ihr Chauffeur zu einem Parkplatz bei einer Tankstelle fuhr wurde sie ganz wach. Sie war wie gerädert.

„Guten Morgen, Sabine ich tanke und hole nur schnell zwei Espresso. Wir frühstücken in einer Stunde auf einem Camping-Platz und spielen ein perfektes Camper-Paar.

„Soll mir recht sein, bin ja nicht hungrig", antwortete sie.

Jules war schon draußen und hörte ihr Gemurmel nicht mehr. In den Spiegel durfte sie heute nicht schauen. Die fast schlaflose Nacht und die weite Strecke, die noch vor ihnen lag, stahlen ihre Energie. Wenn sie

wüsste, was sie alles erwartete, hätte sie
diese Zeit bewusster gelebt.

Beim nächsten Rastplatz gönnten sie sich ein
ausgiebiges Frühstück mit Kaffee und frischem
Gebäck. Jules holte alles von der Tankstelle. Sogar Schinken, Ei und Speck konnten sie
am Gasherd frisch zubereiten. Alles stand
griffbereit auf der Platte neben dem Gasherd.
Die Küchenschränke waren sonst abgeschossen.
Aber es interessierte sie nicht, was dahinter
eventuell verborgen war. Hauptsache, sie kam
bald nach Hause und hatte endlich nichts mehr
mit Jules zu tun. Sie wünschte sich nichts
mehr, als täglich ins Büro zu fahren und redlich ihr Geld zu verdienen. War der Wunsch
nach Arbeit denn wirklich so utopisch?

Während der Weiterfahrt fragte Sabine ihren
Geldgeber, ob er denn keine Familie hätte,
denn über das Jugendalter war er doch hinaus.

„Ach, liebe Sabine, ich war einmal verheiratet und ich bin auch stolzer Vater. Meine
Tochter hat sich einen Rechtsanwalt aus rei-
cher Familie geangelt. Da ist natürlich ein
ganz normaler Versicherungs-Angestellter
nicht standesgemäß."

„Und deine Frau?"

„Die hat es ihr vorgelebt. Als die sich ihren
Chef, einen Autohaus-Besitzer zu ihren Guns-
ten manipuliert hatte, war ich nicht mehr gut

genug. Sie verkehrt nun in besseren Kreisen, er hat sie sogar geheiratet."

„Das tut mir leid, denn ich dachte bis jetzt, dass nur die Männer ihre Frauen betrügen, aber anscheinend passiert so etwas je nach dem jeden einmal."

Jules antwortete: „Dass meine Tochter sich für mich schämt, tut mir weh, aber ist halb so schlimm, wie das, was mir meine Ex angetan hat. Ich müsste jetzt nicht neben dir sitzen, wenn sie mir nicht einen Schuldenberg mit Tricks untergejubelt hätte."

Einige Zeit schwiegen beide, dann sagte Jules. „Ich denke, dir geht es irgendwie ähnlich. Wenn wir in Wien sind, will ich jedenfalls für immer aussteigen."

Sollte das eine Art Geständnis sein, was die „Geschäfte" betraf?

Nun hatte das Verhalten von Jules eine ganz andere Dimension erfahren.

Es war gut, dass sie nichts von den tatsächlichen Geschäften wusste. Sie betrieb auch noch immer „Vogel-Strauß-Politik", obwohl sie längst ahnte, dass Jules für eine kriminelle Organisation arbeitete und sie nur engagiert hatte, weil Paare glaubwürdige Urlaubsreisen machten.

Sie betrachtete ihn nach seiner kurzen Lebensbeichte mit anderen Augen. Auch er hatte Sorgen. Die Weiterfahrt begingen sie schweigend. Es herrschte fast eine Vertrautheit zwischen den beiden. Die Autobahnen durch Deutschland waren auch bequem und flüssig zu fahren. Nach Stunden gab es wieder eine Pause auf einem Parkplatz. „Wo werden wir den Campingbus abliefern und wie kommen wir nach Hause?" fragte Sabine.

„Ich weiß das selber nicht genau, ich werde telefonische Anweisungen erhalten. Vereinbart war ein Treffen in der Nähe von Wien, wir würden dann mit dem Zug Richtung Graz fahren. Den Bus habe ich sehr günstig gekauft, das habe ich dir schon erzählt. Für zwei Wochen ist er schon vermietet.", war die Antwort.

Inzwischen waren sie schon in der Nähe von Linz angekommen.

Sie wollten noch einmal ein kräftiges Essen zubereiten. Die nötigen Zutaten waren schnell besorgt. Es gab als Vorspeise Forellen-Filet mit Toaste und Knoblauchbutter.

Anschließend brutzelten sie zwei Steaks in der Pfanne und dazu ein Fertig-Gemüse. Alles war sehr schnell und leicht zu zubereiten. Sabine fand fast Gefallen am Camping-Leben. Sie tranken sogar je zwei Gläser Wein. Jules wurde immer nervöser. Ständig sah er nach, ob er auf seinem Handy eine Nachricht erhalten hätte.

Er sagte, er holt schnell noch Zigaretten.

Wahrscheinlich nahm er das auch zum Vorwand, um mit seinen sogenannten Freunden ungestört zu telefonieren. Sabine war das recht. Sie wollte nicht wissen wer diese Geschäftspartner von Jules waren, ob sie wohl pünktlich auf die Übergabe des Autos warteten? Hauptsache sie konnte bald nach Hause fahren und sich eine Dusche gönnen. So eine schlaflose Nacht klebte an der Haut.

Er kam nach einigen Minuten zurück, mit einem verschlossenen Ausdruck im Gesicht.

„Wir fahren weiter, du bist am Steuer, weil ich versuche während der Fahrt Kontakt mit meinem Geschäftspartner aufzunehmen, ich konnte ihn nicht erreichen."

So ging es los, wieder auf die Autobahn Richtung Wien. Sie hielt sich genau an die Geschwindigkeitsbegrenzung, sie wollte keinesfalls auffallen.

13. Kapitel

Umso erstaunter war sie, als ihnen plötzlich
ein Polizei-Auto überholte, das hinten die
rote Blinkwarnung hatte BITTE RECHTS ANHAL-
TEN

Sie fuhr mit schlotternden Knien rechts zu
einem Parkplatz. Jules sagte mit versteiner-
ter Miene.

„Wir sind ein verliebtes Paar, ruhig bleiben,
ich spreche, du sagst nichts.“

Kaum standen sie, wurden sie von 4 Polizisten
mit den Worten:

„Aussteigen, bitte Fahrzeugpapiere, Zollkon-
trolle“, empfangen.

Jules versuchte, das ganze ins Lächerliche zu
biegen und sagte: „Aber meine Herren, sie
stören doch nur ein verliebtes Paar. Heute
wäre der richtige Tag um zu.. sie wissen
schon. Und nun ist wieder nichts, nach dem

Schreck ist mein Filius eine lahme Knackwurst
.ha, ha."

Diese ließen sich aber von dem schlechten
Witz nicht beeinflussen. Sie forderten ihn
auf, die Schränke zu öffnen. Er konnte es
nicht, also wurde ein Kasten mit Gewalt geöffnet und was war dahinter: Viele Pakete,
feinstes Kokain, das konnte man auf dem ersten Blick sehen, denn Staubzucker hätten die
nicht so verschlossen.

In dem Moment wurden Jules und auch Sabine
Handschellen angelegt und in zwei Polizei-
Autos verfrachtet. Es nützte nichts, wenn
beide beteuerten vom Inhalt des Campers
nichts gewusst zu haben.

„Das können Sie dem Untersuchungsrichter erzählen."

Und so begann die Apokalypse.

Sie wurden getrennt in zwei Polizeiwagen ins
Gefängnis gefahren. Jeder von beiden wurde in
ein anderes Zimmer geführt. Der Raum war
schlicht eingerichtet. Drei Stühle und ein
Schreibtisch. Sabines Personalien wurden
überprüft. Den Reisepass hatte sie dabei.
Auch ihr Handy wurde konfisziert. Sie hatte
aber außer mit ihrer Tochter, mit Jules und
den verschiedenen Firmen wo sie sich beworben
hatte, keine Telefonate geführt.

Eine Polizistin in Uniform und einer in Zivil stellten abwechselnd die Fragen. Anfangs waren sie sehr freundlich und sie hatte fast das Gefühl, dass man ihr glaubte. Aber als sie immer wieder beteuerte vom Inhalt des Campers nichts gewusst zu haben, änderte sich das Verhalten.

„Halten Sie uns für blöd? Wir haben uns über Sie erkundigt. Sie sind in Geld-Schwierigkeiten. Sie sind arbeitslos!"

Die Polizistin schrie sie an und kam mit ihrem Gesicht ganz nahe an sie heran. Sabine hatte das Gefühl, eine Bulldogge fletscht mit ihren Zähnen und beißt ihr ein Ohr ab. Die Polizeibeamtin sah auch so aus. Ein schwabbeliges Gesicht mit Hängebacken scharfen Linien zwischen den Augen die wasserblau hervor stachen. Die Zähne gelb, fast braun vom Rauchen. Ihr Atem war auch wie eine geballte Ladung Zigarettenstummel vom Vortag.

Sabine war schlecht vor Angst. Sie zitterte und bekam einen Weinkrampf.

Die Beamten hatten erkannt, dass von ihr nichts zu erfahren war, Sie wurde in eine Zelle geführt. Zum Glück war sie allein in diesem Zimmer. Es beinhaltete eine Toilette, ein Waschbecken und ein Bett. Beim Waschbe-

cken befand sich eine plastikverpackte Zahn-
bürste, ein Handtuch und Seife.

Sie hatte ja nichts mit. Die Verhaftung fand
überfallsmäßig statt. Obwohl sie völlig über-
müdet und dankbar für das Bett war, konnte
sie nicht einschlafen.

Ihr Körper funktionierte, aber sie war tot.

Es war eine Ansammlung von Muskeln, Sehnen,
Nerven. Diese funktionierte wie ein Roboter.
Schlimm war nicht das „eingesperrt sein", im
Gegenteil, hier fielen die täglichen Sorgen
mit welchem Geld man das tägliche Essen be-
zahlen sollte, weg. Sie hatte nur panische
Angst vor den Mithäftlingen. Man hatte ja
vorher diese Horrorgeschichten von brutalen
Anführerinnen, die die anderen wie Sklavinnen
behandelten, gehört und gelesen.

Sie wusste, sie war machtlos, sollte eine der
Häftlinge sie als „Geliebte" aus erwählen.

Die Verhöre mit immer den gleichen Fragen,
hatten sie an die Grenzen zum Wahnsinn getrieben.

Immer wieder die gleichen Fragen:" Warum haben Sie keinen Schrank im Campingbus geöffnet?"

Dann wieder. „Wer sind Ihre Auftraggeber?"
„Verraten Sie, wo Sie den Bus abliefern sollten." Sie erhalten Strafmilderung wenn Sie
uns helfen."

Wahrheitsgemäß sagte sie dass sie nichts
weiß. Aber während der vielen Verhöre und
dauernd auf sie einprasselnden gleichen Fragen war sie schon so verwirrt, dass sie bereit war irgendeine Geschichte zu erfinden
nur um endlich Ruhe zu haben.

Die Zelle war auch nicht das Schlimmste. Nur
die Angst vor dem nächsten Tag und alles was
danach kommen wird. Diese rotierte in ihrem
Kopf wie ein Kreisel mit einem Schwarm Insek-
ten. Insgesamt fast ein Jahr war sie schon
auf der Suche nach einer Arbeitsstelle. Sie
erhielt eine Absage nach der anderen. Nur
weil sie mit vierzig zu alt sei. Was wird
sein, wenn sie aus dem Gefängnis entlassen
ist? Ihr Bankkonto war noch immer nicht im
Ausgleich. Der Minusbetrag war trotz inten-
sivster Bemühung vorhanden. Die laufenden Be-
triebskosten für die Wohnung fraßen das tiefe
Loch. Außerdem hatte der Privatkredit, den
sie als erstes nach der Scheidung mitsamt
überhöhten Wucherzinsen abzahlen musste den
Minus-Stand auf ihrem Bank-Konto verursacht.
Damals, als sie bei diesem Kreditvermittler
Omar-Sharif-Typ den Scheck geholt hatte,
wollte sie ihrem Gatten die heile Welt vor-
spielen. Ach, hätte sie ihm nur damals schon
die Wahrheit gesagt. Was hätte ihr passieren
können, sie war arbeitslos, aber verheiratet.

Nein, sie holte sich heimlich Geld von einem Kredit-Hai, nur dass sie die brave, tüchtige Ehefrau spielen konnte.

14.Kapitel

Während Sabine Kaiser, verzweifelt und vor lauter Zukunftsängste fast den Verstand verlor war das Familien-Idyll im Hause Werner Kaiser fast perfekt. Aber nur fast…

Sonntagmorgen im Hause Werner und Katja Kaiser. Junior Uwe Kaiser darf man nicht vergessen. Das Baby liegt in seinem Bettchen und schläft friedlich. Stattdessen hat er in der Nacht durch seine Schrei-Attacken die Eltern wach gehalten. „Werner-Schatz, ich lege mich wieder ins Bett, könntest Du nach Uwe schauen, ob er was braucht. Er müsste sicher gewickelt werden. Ach ich bin total müde, du weißt ja gar nicht was ich leiste. Heute könntest du kochen. Du kannst dich ja im Büro wieder ausruhen. "

„Selbstverständlich, Katja, ich sorge für ihn, aber jetzt schläft er, ich kann ihn doch nicht wecken." „Was denkt diese verwöhnte Zicke wofür ich bezahlt werde? Das Bankgeschäft wird immer härter." Das sagt er seiner geliebten Katja nicht, das sind nur vage aufmüpfige Gedanken.

Er sieht sich in der Küche um. Das Geschirr von gestern trocknet mit den Speiseresten vor sich hin. Es ist wahrscheinlich zu viel verlangt von seiner gestressten Katja, den Geschirrspüler aus und ein zu räumen. Die Bananenschalen faulen. Der Weg zum Bio-Müll ist zu weit. Die benutzten Pampers-Windeln lagern im Plastik-Sack im Vorzimmer. Sein gepflegtes Haus wurde eine Müllhalde.

Das musste sich ändern.

Einen kurzen Moment erinnert er sich an Sabine und an die schönen Zeiten. Seine Freizeit war mit Tennis ausgefüllt. Der Haushalt war in Ordnung. Das Essen wurde pünktlich serviert. Die Hemden waren gebügelt und griffbereit hergerichtet. Eine Freundin konnte man sich leisten. Ach, ja, die Freundin war nun seine Frau. Aber diese ließ ihm kaum die Luft zum Atmen. Eine junge Frau, um die ihn all seine Kollegen und Freunde beneideten. Die hatten ja keine Ahnung wie anstrengend so eine junge Gemahlin und ein Baby in seinem Alter sein konnten.

Er räumt schnell das Geschirr in den Spüler.

Die kurze Zeit musste genutzt sein, für eine Tasse Kaffee und die Zeitung.

Eine Schlagzeile fiel ihm auf. DROGENSCHMUGGLER GEFASST Er las weiter: Raffinierter Drogenschmuggel aufgedeckt. Die Drahtzieher zurzeit noch unbekannt. Im Campingbus Heroin im Wert von einhundertundfünfzigtausend Euro versteckt. Die Camper Sabine H, und Jules C. behaupten, nichts vom Inhalt gewusst zu haben.

Werner murmelt vor sich hin: „ Wer es glaubt wird selig, die und unschuldig. Diese Verbrecher werden auch immer raffinierter. Ein Camping-Paar wird doch nicht so oft kontrolliert. Wahrscheinlich hat die Polizei Hinweise erhalten.

Wer diese Schmuggler sein konnten? Der Name und das Alter wären dasselbe wie seine Ex-Gattin. Hoffentlich, nicht, denn das wäre eine Katastrophe für seinen Ruf.

Er liest den Artikel genauer. Die Bilder der Verhafteten sind natürlich unkenntlich gemacht. Aber trotzdem wird er das Gefühl nicht los, es könnte sich um seine Ex handeln. Die Figur und auch sonst alles gleicht ihr. Auch die Halskette, die er ihr einmal geschenkt hatte, erkannte er. Der Anhänger war ein Unikat, ein Amulett mit dem Bild ihrer gemeinsamen Tochter.

Werner überlegt weiter. Was seine Sabine zurzeit macht und ob sie mit ihrem Beruf den Lebensunterhalt bestritt interessierte ihn wenig. Wichtig war, dass sie keine Unterhaltsansprüche stellte. Er kam mit seinen Finanzen so schon ins Trudeln. Seine Katja war keine, die sparen konnte.

Ihr Elternhaus : Der Vater ein gut verdienender Zahnarzt. De Mutter hatte nichts anderes zu tun, als das Geld, das ihr Gatte beim Zähne-Ziehen verdiente, mit vollen Händen auszugeben. Selbstverständlich wurden auch Reit-Pferde gehalten.

Auf allen Charité-Partys war diese Familie vertreten.

Werner wusste, er wäre nicht wohlwollend in die vornehme Familie aufgenommen worden, hätte Katja das bildhübsche Dummchen eine bessere Partie gemacht. Aber das Fräulein Tochter hatte keinen Schul-Abschluss und auch keine Berufs-Ausbildung. Die kurze Zeit als Zahntechnikerin beim Herrn Papa war eine Katastrophe. So tolerierte der Vater ihre Partys

in der Hoffnung, dass sie standesgemäß geheiratet wird. So war der ältere Bankbeamte aus
gutem Haus besser als nichts.

Während dieser trüben Gedanken räumte er notdürftig die Wohnung auf. Er nahm sich vor,
kommende Woche eine Putzfrau zu engagieren.
Seine Großmutter wird ihn sicher diesbezüglich (auch finanziell) unterstützen.

Er rief die gemeinsame Freundin Sofie an und
fragte, ob sie wüsste, ob Sabine noch in
Frohnleiten wohnt. Leider konnte ihm diese
nicht weiter helfen.

Der nächste Tag im Untersuchungsgefängnis begann sehr früh. Sabine hatte das Gefühl, keine Minute geschlafen zu haben. Sie fühlte
sich gerädert, hatte wahnsinnige Kopfschmer-
zen und panische Angst vor der Zukunft.

Weil sie keinen teuren Anwalt bezahlen konnte, erhielt sie einen Pflichtverteidiger zugewiesen. Dieser Dr. Kaltenbrunner besuchte
sie in der Zelle. Ein hagerer Mann, Seine
schütteren, dunklen Haare zurückgekämmt. Er
verwendete offenbar zu viel Haaröl. Die Bril-
le rutschte immer auf die Nase und er blickte
sie über den Rand hinweg mit seinen Fischau-
gen an. Im Großen und Ganzen erweckte er kein
Vertrauen und keine Hoffnung in ihr.

„Also Frau Kaiser, sie schweigen am besten wenn Sie verhört werden und sagen mir nun die ganze Wahrheit. Wer hat Sie beauftragt, die heiße Ware von Holland nach Österreich zu bringen. Wohin sollte geliefert werden. Und wie viel erhielten Sie?"

„Herr Dr., Kaltenbrunner, ich kann nur immer wieder sagen, ich habe nichts gewusst. Ich wäre sonst nie mitgefahren. Ich sollte Herrn Casetta nur begleiten, weil er nicht gerne allein so eine weite Strecke fährt."

„Und das soll ich Ihnen glauben? Na, ja ich habe nicht viel Zeit. Ich werde für Sie die günstigste Verteidigung ausarbeiten. Wahrscheinlich müssen Sie trotzdem mit einer bedingten Strafe rechnen. Wenn Sie Glück haben, werden Sie Kronzeugin. Vor allem dann, wenn Sie zur Aufklärung und Auffindung der Hintermänner beitragen"

„Herr Doktor, ich habe wirklich keine Ahnung. Ich kann nicht mehr."

Verzweifelt bekam Sabine einen Weinkrampf. Ihr „Verteidiger" hatte ihr den letzten Rest an Hoffnung genommen. Dieser hatte gar kein Interesse daran, sich dem Fall mehr als notwendig zu widmen. Es war ja klar, hier war nur das staatliche Honorar zu verrechnen. Also wofür sollte er sich besonders anstrengen? Er verabschiedete sich rasch und ließ Sabine mit ihrem Schmerz allein. Wen sollte sie um Hilfe bitten? Ihre Tochter konnte sie keinesfalls mit ihren Sorgen belasten.

Sie zermürbte sich mit Selbstvorwürfen. Sie hatte Jules immer im Verdacht, dass diese Geschäftsreisen nicht in Ordnung waren. Weil sie das Geld für ihr Begleit-Service so dringend benötigte, hielt sie beide Augen zu und redete sich ein, was ich nicht weiß kann mir keiner als Mitschuld anrechnen. Dass die Realität anders ist, daran dachte sie nicht.

Die Wärterin, die ihr Essen brachte, war der erste Mensch seit langem, zu dem sie ein wenig Vertrauen und Sympathie empfand. Diese befragte sie freundlich, ob sie ihr helfen könne. Diese Beamtin war eine grauhaarige Mitt-Fünfzigerin mit einem braunäugigen warmen Blick. Sie hatte offenbar Menschenkenntnis und erkannte, dass Sabine durch widrige Umstände in diese miese Situation geraten war.

„Ich habe niemand, der mir helfen könnte. Ich schäme mich so sehr und hoffe dass meine Tochter und mein Ex-Mann nie erfahren, dass ich im Gefängnis bin."

„Haben Sie auch keine Freundin, die Ihnen helfen könnte?"

„Ja, schon. Sofie ist eine sehr gute Freundin. Aber die will ich nicht mit meinen Sorgen belasten. Sie muss Rücksicht auf ihre Familie nehmen und kann mit einer „Kriminellen" nichts zu tun haben."

Die Beamtin antwortete: „Überlegen Sie, ob Sie nicht doch um ihre Hilfe bitten. Denn wahre Freundschaft erkennt man erst in der Not."

15. Kapitel

Am Nachmittag wurde sie vor den Untersuchungsrichter geführt. Es war ein etwas grö-
ßerer Raum. Er ähnelte einem kleinen Klassen-
zimmer. So waren auch die Tische und Bänke
angeordnet.

Sabine dachte: Das ist die schwerste Prüfung
meines Lebens, ich werde kein Wort über meine
Lippen bringen. Meine Kehle ist ausgetrock-
net und mein Hirn ist leer.

Es war aber gar nicht notwendig, dass sie
sprach.

Nachdem die Anklageschrift verlesen wurde,
brachte ihr Pflichtverteidiger ein wahres
Plädoyer mit Gegenargumenten.

Diese legen so überzeugend die Unschuld seiner Mandantin dar. Sie konnte nur noch staunend zuhören. Wie hatte sie Herrn Dr. Kaltenbrunner Unrecht getan, als sie an ihn zwei-
felte.

Das Ergebnis dieser flammenden Verteidigung
war: Sie wurde als Kronzeugin erfasst und
aus der Untersuchungshaft entlassen, mit der
Auflage: Bis zur Hauptverhandlung durfte sie

ihren Wohnort nicht verlassen. Sie war „Kronzeugin"

Wohin sollte sie denn gehen, ohne Barmittel?
Sie war mehr als erleichtert, dass sie nicht
im Gefängnis bleiben musste. Bis zum Abmel-
debüro führte ein langer Gang. Links und
rechts die schweren Eisentüren vor den Zel-
len. Sie begegneten die liebe Wärterin, die
sie mit einem freundlichen „Alles Gute, und
lassen Sie sich helfen", verabschiedete. Ein
kurzes Gefühl von Wärme durchströmte Sabine.

Im Büro gab es auch ein langes Prozedere mit
Ausfüllen der Entlassungs-Papiere. Dann er-
hielt sie ihre Dokumente, ihre Reisetasche,
die sie im Camper mitgehabt hatte, sowie ihre
Geldbörse und ihr Handy. Sie besaß nun 965
Euro die erste Hälfte ihrs Honorars von
Casetta. Sie musste auch für „Unterkunft und
Verpflegung" einen Beitrag leisten.

Das war der Rest der ersten tausend Euro, den
zweiten Tausender hätte sie bei der Ankunft
in Wien erhalten. Den musste sie nun abschreiben.

Das wichtigste war, gleich den Zug von Linz
nach Graz zu erreichen und dann nichts als
nach Hause.

Es war gut, dass die Dunkelheit ihr Wegbe-
gleiter war. Denn als sie in Frohnleiten an-

kam, war es 23 Uhr nachts. Ihre Nachbarn würden hoffentlich, wie immer den Schlaf der Ge-
rechten schlafen.

So leise als möglich sperrte sie die Haustür
und ihren Briefkasten. Wie eine Diebin
schlich sie sich in ihre Wohnung und wollte
Licht einschalten. Nichts.

Nur Kälte und Dunkelheit empfing sie. Eine
Kerze, und Streichhölzer in der Vorzimmerlade
die für Notfälle gedacht war, erhellten notdürftig den Raum. Sie sortierte ihre Post.

Hier löste sich auch das Rätsel der Dunkelheit. Weil sie im Zahlungsrückstand war, wurde die Stromlieferung bis auf weiteres eingestellt. Auch die Bank schrieb wieder einen
netten Brief.

Wir bedauern (wie mitfühlend) Ihnen mitteilen
zu müssen, dass die monatlichen Daueraufträge
nicht mehr durchgeführt werden. Usw.usw.

Es war nur mehr eine Frage der Zeit – und der
freie Fall nach unten endete auf der Straße.

Sie legte sich schlafen. Träumte von Riesen-
schlangen und einem reißenden Fluss. Die
braunen Wassermassen rasten vorbei. Sabines
Gestalt im Traum sollte das andere Ufer erreichen. Aber sie wagte keinen Schritt, wurde
immer verzweifelter, bis sie endlich aufwach-
te.

Obwohl es erst vier Uhr früh war, stand sie auf. Denn in diesen Traum wollte sie keinesfalls zurückkehren.

Essbares gab es nicht viel in ihrer Wohnung. Kochen konnte sie nichts ohne Strom. Eine Packung Kekse hatte sich in einer Schublade im letzten Winkel versteckt und wurde nun geknabbert. Zum Glück war der Wasserhahn noch nicht abgedreht.

Im Kerzenschein ordnete sie ihre Rechnungsbelege und Bankauszüge. Sie überlegte, was am dringendsten zu zahlen wäre.

Heute wird sie sich bei einer Putzfirma bewerben. Wenn diese auch nur einen Hungerlohn zahlen, war es doch besser als nichts. Sie musste irgendwie zu Geld kommen. Aber vorerst führt der erste Weg zur Bank.

Dann wird sie bei der Stromlieferungsgesellschaft die ausstehende Strom-Rechnung bar einzahlen. Sie war ohne Strom-Anschluss völlig hilflos.

Anschließend wird sie nach Graz zum BFI wegen der Umschulung nochmals anfragen. Sie hatte eine Woche unentschuldigt gefehlt, hoffentlich wurde sie deshalb nicht ausgemustert.

Inzwischen war die Uhr schon auf 6 Uhr morgens vorgedrungen und langsam wurde es Zeit, dass sie sich frisch machte um für den Tag gerüstet zu sein.

Ohne Frühstück und Kaffee kam der Kreislauf zwar nur träge in Schwung. Sie wollte in der Stadt bei einer Bäckerei Brot besorgen.

Als sie ihre Wohnung verließ begegnete ihr im Stiegenhaus ihre Nachbarin Frau Navratil. „Guten Morgen." Sagte Sabine und wollte schnell vorbei gehen. Es ist doch ein eigenartiger Zufall, dass diese neugierige Schnepfe gerade jetzt ihre Zeitung holt.

„Guten Tag Frau Kaiser, dass man Sie wieder einmal sieht. Waren Sie auf Urlaub?" Zuckersüß kam es aus dem Mund der Nachbarin. Ihre Lockenwickler und der Bademantel passten zu ihrem üppigen Outfit.

„Ich bin in Eile, Frau Navratil", und Sabine hastete an ihr vorbei.

Vor der Tür atmete sie einmal tief durch und der Weg führte Richtung Bahnhof. Sie hatte es sich anders überlegt. Zuerst muss sie einen Job der ein wenig Bares einbringt finden. Anschließend die Strom-Zufuhr in der Wohnung wieder herstellen. Wenn sie Glück hat, wird sie den Umschulungs-Lehrgang fortsetzen können. Das alles würde sich ausgehen, denn Putztrupps sind in der Nacht gefragt.

Erst wenn dies alles geklärt wäre, wollte sie zur Bank. Vor diesem Gang fürchtete sie sich am meisten. Sie konnte diesen Fiesling von Bankdirektor nicht ausstehen. Der wartete wie ein Geier auf das Geschäft mit ihrer Wohnung.

Außerdem waren ihr Ex und er Berufskollegen, die sich sicher untereinander Tipps gaben.

Der Zug nach Graz war überfüllt mit Schülern und Berufs-Pendler. Dort angekommen, kaufte sie eine Tageszeitung, setzte sich ins Bahn-hofs-Café und gönnte sich ein Frühstück, während sie die Annoncen studierte. Sie ent-deckte auch eine Telefon-Nummer und dem Inse-rat:" Seriöse Reinigungsfirma sucht tüchtige Kräfte-gute Bezahlung garantiert. Anfragen unter…"

16. Kapitel

Frisch gestärkt schritt sie zur nächsten Te-
lefon-Zelle und wählte die entsprechende Num-
mer. Eine freundliche Stimme meldete sich und
Sabine erhielt für die nächste Stunde einen
Vorstellungstermin. Sie sollte sich mit dem
Dienststellen-Leiter direkt vor Ort treffen.
Gewählt war das Gebäude der Pensionsversiche-

rung. Ihr zukünftiger Arbeits-Bereich. Vorerst war dies eine Urlaubs-Vertretung. Wo ihr ständiger Einsatzbereich sein wird, war noch nicht entschieden. Allerdings wollte Sabine diesen Job nur als Notlösung betrachten. Der Putzstellen-Leiter empfing sie in der Empfangshalle. Herr Roth stellte sich höflich vor, fuhr mit ihr mit dem Lift in den vierten Stock und erklärte den Arbeits-Ablauf. Die Büro-Räume der gesamten Etage war ihr Aufgabenbereich. Die Putzmaschinen und Toilette-Artikel befanden sich in einem kleinen Raum.

„Den genauen Arbeitsablauf und die Bedienung der Geräte wird Ihnen Frau Haslinger am Abend erklären. Sie ist auch Ihr unmittelbarer Ansprechpartner. Die Arbeitszeit ist von 17 bis 20 Uhr in dieser Zeit muss alles gereinigt sein. Lohn sechs Euro pro Stunde."

„Herr Roth, ist es möglich, meinen Lohn wöchentlich bar zu erhalten. Ich bin in Geldschwierigkeiten und bei Überweisung zur Bank kann ich nichts bekommen."

Dieser betrachtete sie ein wenig erstaunt, überlegte ein paar Sekunden und antwortete: „Wir haben ganz wenige Ausnahme-Fälle, wo wir das dulden. Normalerweise wird alles nur mit Banküberweisung durchgeführt .Stellen Sie sich den Aufwand vor, bei ca. 800 Arbeitern die Auszahlung mittels Lohntüte. In den ersten vier Wochen zahle ich Sie bar aus, dann sehen wir weiter. Sie könnten doch auch die Konto-Nummer eines Freundes verwenden."

Sabine schämte sich, sie fühlt sich nackt.
Aber sie hatte keine andere Wahl. Sie, als
Buchhalterin verlangte mittelalterlichen
Sold.

„Ich wünsche noch einen guten Tag, und wir
sehen uns am Freitag-Abend. Alles andere erklärt Ihnen Frau Haslinger. Melden Sie sich
bei ihr im 3. Stock um 16 Uhr 30.“

„Danke für Ihr Verständnis, auf Wiedersehen.“
Antwortete Sabine.

Das Hauptbüro zum Strom-Lieferanten lag nur
einige Straßen weiter. So marschierte sie zu
Fuß dort hin. Es war gar nicht so einfach,
den Angestellten bar die Außenstände in Höhe
von 580-- Euro mit der Bitte, den Anschluss
wieder herzustellen, aufzudrängen. Es kostete
sie sehr viel Überredungskunst.

Anschließend ging die Fahrt per Bus zum BFI.
Sie hoffte sehr, dass die Kursleiterin Verständnis für sie hatte und sie in ihrem Programm behielt.

Mittlerweile hatte sie sich um orientiert.
Wahrscheinlich war es doch besser die Umschulung für einen anderen Beruf zu machen. Die

Notstandshilfe würde sicher nicht ausreichen, aber die Putzstelle könnte das ausgleichen.

Zufällig war gerade Pause, als sie im BFI eintraf. Siegrid holte sich eine Cola aus dem Automat.

„Hallo Sabine, ist das schön, dich wieder zu sehen. Warst du krank? Wir konnten uns dein Fernbleiben nicht erklären. Die Kursleiterin hat mich gefragt, ob ich von dir was gehört hätte."

„Nein, Siegried, mir ist nur etwas Furchtbares passiert. Ich erzähle es dir bei passender Gelegenheit. Noch ist es zu früh, darüber zu sprechen."

„Ich verstehe, die Kursleiterin findest du jetzt im Büro, melde dich zurück."

„Danke, ich komme nachher zu dir." Sabine ging mit klopfendem Herzen zum Büro. Wird die Kursleiterin Verständnis haben. Soll sie ihr die ganze Wahrheit ihres Fehlens gestehen. Oder sollte sie besser eine Krankheit vortäuschen?

Sabine machte die Flucht nach vorne. Sie erzählte der Leiterin die Wahrheit. Denn die Gerichtsverhandlung stand noch aus. Und wenn sie dann ins Gefängnis musste, könnte es sein, dass sie die Kursgebühren selber bezahlen musste.

Die Kursleiterin hörte aufmerksam zu. Schaute Sabine einmal direkt in die Augen, dann blätterte sie wieder in ihren Akten, die vor ihr lagen. Die Spannung war für Sabine fast unerträglich.

„Also, liebe Frau Kaiser, ich habe Verständnis für Ihr Schicksal. Aber ich kann sie leider nicht im Programm halten. Es gibt nur eine begrenzte Zahl Förderungsmittel. Ihr Planposten wurde durch eine andere Person ersetzt. Ich kann Ihnen nur dahingehend entgegen kommen, dass ich Sie für den nächsten Kurs in drei Monaten schon jetzt fix einplane. Mehr kann ich leider nicht für Sie tun."

Am Ende ist jeder für sich allein. Nun war sie durch die letzten Raster des Sozialnetzwerkes gefallen. Diesen Umstand verdankte sie ihrer eigenen Dummheit und Blauäugigkeit. Hätte sie nicht so verbissen das Reisegeld zur Rettung ihrer Wohnung verdienen wollen, wäre sie nie in diese Situation gekommen.

Sabine war den Tränen nahe, sagte dankend zu: „Ich will den nächsten Kurs auf jeden Fall absolvieren. Ich hoffe, dass in dem Betreuungs-Beruf die Chancen in meinem Alter besser sind, eine Arbeitsstelle zu finden."

Traurig verabschiedete sie sich auch von Siegrid. Sie vereinbarten ab und zu ein Treffen .Heute konnte sie nicht zur Bank gehen wegen ihrer Zahlungsrückstände. Niemals, sie

hatte keinen Plan. Trotzdem war dieser Weg
unaufschiebbar. Vielleicht hatte Herr Reiter
der Filial-Leiter doch ein Herz und erhöhte
ihren Kredit-Rahmen. Sie ersuchte telefonisch
um einen Termin. Ergebnis: Morgen um 10 Uhr-
Besprechung mit Herrn Reiter in der Filiale.

Die Bahnhofsuhr zeigte inzwischen schon auf
14 Uhr. Mit ihrer Monatskarte für die
Schnellbahn konnte sie rasch nach Hause fahren, sich umziehen und um 15 Uhr 30 wieder in
Graz sein.

17. Kapitel

Die Putzstelle war zurzeit überlebenswichtig für sie.

Weil sie nicht sicher war, ob der Strom inzwischen wieder betriebsbereit ist, kaufte sie nur Brot, Butter und Milch. Der Magen meldete sich inzwischen schon beleidigt knurrend.

Zu Hause angekommen, betätigte sie als erstes den Lichtschalter, und welch Wunder, es wurde Licht. Von der kargen Mahlzeit gestärkt, eilte sie zurück zum Bahnhof.

Pünktlich betrat sie das Gebäude der Pensionsversicherung, fuhr in den dritten Stock und stellte sich Frau Haslinger vor, die gerade mit einer überdimensionalen Putzmaschine aus der kleinen Kammer kam. Gefolgt von einer dunkelhäutigen Frau. Zu dieser sagte sie: „Du warten da, ich zeigen dir wie geht, dass alles blitzt-blanke-sauber ist." Offensichtlich war Frau Haslinger eine eingeheiratete Ost-Europäerin.

„Du neu sein hier? Herr Roth mir gibt Bescheid. Komm wir fahren in fünften Stock und

ich dir zeigen was zu tun." Ihre breiten
Hüften schwenkten im Takt mit den Pantoffeln,
als sie Richtung Lift schritt. Der hellblaue
Putzkittel spannte um ihr Hinterteil. Sie
konnte ihr kaum folgen, so resolut ging sie
voran. Oben sperrte sie die kleine Kammer
auf holte die Putzmaschine heraus und erklärte ihr wie dieses Gerät funktioniert. Auch
wie man richtig putzt zeigte sie ihr. Frau
Haslinger schaffte das in einem rasanten Tem-
po, das war Profi-Arbeit. Sabine befürchtete,
sie würde dafür die doppelte Arbeitszeit be-
nötigen. Sie erhielt ihre Arbeitskleidung,
hellblaue Kleiderschürze und Gummihandschuhe
und wurde ihrem Schicksal, den fünften Stock
auf Hochglanz zu bringen, allein gelassen.

Sie bemühte sich redlich, die Schweißperlen
rannen von der Stirn und es war schon eine
halbe Stunde vor Schluss, da war sie erst bei
den Wasch- und WC-Räumen angekommen welche
auch zu ihrem Revier gehörten.

Sie erschrak, als plötzlich hinter ihr Frau
Haslinger stand. „Ich sehen, du etwas langsam, morgen schneller sein, PC-Schirme du
musst auch putzen. Sonst nicht alles sauber."
Also hatte die Haslinger sie schon kontrolliert. Sie bemühte sich, so rasch wie möglich
fertig zu werden. Denn die Kammer für die
Putzartikel verschloss Frau Haslinger, nur
sie hatte die Schlüssel.

Müde und niedergeschlagen fuhr sie mit dem
nächsten Zug nach Hause. Nach einer lauwarmen
Dusche ging es rasch ins Bett. Die elektri-

sche Leitung funktionierte wieder. Morgen früh wird sie die wichtigsten Lebensmittel besorgen. Am Vormittag: Treffen mit Herrn Reiter bei der Bank. Diesen Menschen war sie ausgeliefert. Sein Wohlwollen oder Missfallen entschied ihr weiteres Schicksal.

Sie stieg den steilen Fels hinauf, beladen mit schweren Granitsteinen, um dann als sie oben ankam, die Felswand abzustürzen. Der Fall vollzog sich im Zeitlupentempo wobei die Angst vor dem Aufprall und Zerschmettern immer stärker wurde. Bevor sie unten ankam, wachte sie schweißnass auf. Im Kopf drehte sich ein Kreisel, sie war schwindlig und benommen. Drehte sich auf die andere Seite und versuchte wieder einzuschlafen.

Aber das war unmöglich. Immer wieder überlegte sie, wie sie aus dem Schlamassel herauskommen könnte. Sie ärgerte sich, weil sie ja immer arbeiten wollte, aber diese verflixte Gesellschaft Frauen über vierzig ins Greisenalter katapultierte. War es denn so unbescheiden von ihr eine Wohnung zu besitzen? Was heißt besitzen, der Großteil war ja mit Bank-Kredit finanziert worden. Und nun fressen die Zinsen und Nebenkosten große Löcher in ihr Planungs-Budget. Ihre Rechnung ging leider nicht auf. Damals nach der plötzlichen Scheidung hoffte sie bald wieder einen angemessenen Job in ihrem Beruf zu haben. Damit hätte sie leicht die laufenden Kosten gedeckt. Aber so wurde sie durch ihre dumme Mitwisserschaft zur Kriminellen. Deshalb hatte sie noch weniger Hoffnung auf eine adäquate Arbeit. Der Hungerlohn bei der Putzfirma mit den Schikanen der Frau Haslinger, die jedes Staubkorn kontrollierte war ihre ganze Zukunft. Einzige Hoffnung, eine Erhöhung ihres Kreditrahmens und die Umschulung samt „Neben-Job".

Wie sehr sehnte sie sich nach einer starken Schulter, wo sie sich anlehnen könnte, und sie durch dieses tiefe dunkle Tal begleitete. Das sind alles Wunschträume, die sich genau so wenig erfüllten wie ein Lotto-Sechser.

Diese Gedanken lenkten sie ein wenig von den Sorgen ab und sie schlief den Rest der Nacht traumlos.

Am Morgen lief sie rasch zum Bäcker um frisches Gebäck und Kaffee und Milch zu holen. Sie bereitete ein gutes Frühstück um gestärkt zur Bank zu kommen.

Mit der Mappe ihres Kreditvertrages in der Hand eilte sie zur Bank und wurde auch sofort zu Herrn Reiter weitergeleitet. Dieser stand höflich auf, fragte ob er einen Kaffee oder sonst etwas anbieten könne.

„Guten Tag Frau Kaiser, wie geht es Ihnen?" Sie antwortet.

„Wenn Sie mir helfen Herr Reiter und meinen Kredit-Rahmen erhöhen, geht es mir gut."

Dieser seufzt und sagt: „Das würde ich sehr gerne, aber hat sich etwas verändert in Bezug auf Sicherheit. Können Sie mir eine Gehalts-bestätigung vorweisen?"

Sabine legt ihre Mappe neben sich und sagt: „Sie wissen sicher, dass ich zurzeit nur das Geld aus dem Sozial-Fonds für die Umschulung erhalte. Dieser Kurs beginnt aber erst in drei Monaten. Ich bemühe mich seit einem Jahr verzweifelt, eine Arbeit zu finden, um die Kreditrückzahlung zu leisten. Aber in meinem Alter wird das immer schwieriger."

„Frau Kaiser, ich habe leider diesbezüglich keine guten Nachrichten für Sie. Bei der letzten Vorstands-Sitzung wurde beschlossen, Ihre Wohnung zu pfänden. Glauben Sie mir, mein Votum dagegen wurde nicht akzeptiert."

„Aber was heißt das, ich verstehe nicht…" konnte sie nur stammeln.

Herr Reiter sagt darauf. „Ich konnte für Sie noch erreichen, dass Sie nicht sofort auszie-hen müssen, allerdings wird die Bank eine Miete zur ortsüblichen Taxe verrechnen, aber Sie sind die Sorgen der Schulden los."

Aus-Vorbei, sie stand vor dem Nichts. Dafür hatte sie 20 Jahre gearbeitet, um am Ende auf der Straße zu landen. Die Miete für die eige-ne Wohnung wird nicht gering ausfallen. Wie sollte sie das nötige „ Kleingeld "aufbrin-gen?

Sie fühlte sich hilflos wie noch nie in ihrem Leben. Dieser Bankmensch sitzt ihr gegenüber auf einem bequemen Ledersessel. Spricht ihr Todesurteil mit einer Lässigkeit und will ihr noch weismachen, er hätte ihr einen großen Gefallen getan.

Ihre Vergangenheit und ihre Zukunft wurden mit einem Strich ausradiert. Ein paar Sekunden schwebt sie im luftleeren Raum. Wird der Fall in die Tiefe nie enden?

Herr Reiter übergab ihr ein paar Formulare zur Unterschrift, die sie nicht verstand. Sie konnte im Augenblick auch nicht lesen. Alles tanzte im Kreis vor ihr, der Sekretär stand Kopf. Die Krawatte ihres Gegenübers leuchtet wie ein Neonlicht vor ihren Augen hin und her. Sie unterschrieb blind.

Dann verließ sie das Büro des Filialleiters. Ihre Persönlichkeit war gestorben. Nicht einmal die zwei Tage im Gefängnis hatten so eine nachhaltige Wirkung, als der Verlust ihrer Existenz.

Im Geiste sah sie sich neben der zahnlosen Streunerin im Park, beladen mit Taschen und Schnapsflaschen.

Nein, so konnte und wollte sie nicht leben. Noch wird sie kämpfen, auch wenn die Arbeit bei der Putzfirma sehr mühsam und frustrierend für sie ist, sie wird weiter arbeiten, bis zu dem Tag, an dem sie aus ihrer Wohnung ausziehen musste.

Was dann kommt, man wird es sehen, jedenfalls wird sie nicht in der Gosse enden, als letzter Ausweg war noch immer der freie Fall ohne Widerkehr. Sie dachte an die steile Wand am Dachstein. Ja, wenn Paul nicht gewesen wäre, sie hätte vieles nicht erlebt. Wiegen die schönen Stunden all die Mühe und Plage auf? Derzeit war sie allein, ohne irgendeinen Halt oder Freude.

20. Kap.

Keine Zukunftsperspektive. Wem würde sie fehlen, wenn sie nicht mehr wäre… Die Tochter Sabine ist erwachsen, geht ihre eigene Wege. Sie hat drei Monate nichts mehr von ihr gehört. Sabine selbst war mit ihrem alltäglichen Kampf am Arbeitsmarkt beschäftigt, sodass auch sie sich nicht bei ihr gemeldet hat. Eine Mutter kann nicht mit ihren Sorgen die Tochter belasten. Sie war froh, dass ihr Aufenthalt im Untersuchungsgefängnis nur zwei Tage dauerte. Was aus Casetta wurde, erfuhr sie nur aus der Zeitung. Er befand sich noch in Untersuchungshaft. Sabine sollte bei der Gerichtsverhandlung als Zeugin fungieren. Nur wusste sie nichts. Sie hütete sich, von den gefährlichen Ausflügen in die Schweiz und nach Istanbul etwas zu erzählen. In Wahrheit war sie ja wirklich die Unschuld vom Lande und kam in diesen Schlamassel völlig unvorbereitet. Wenn auch Jules ein Schlitzohr ist, seine Auftraggeber sind sicher gnadenlose Mörder.

Am späten Nachmittag fuhr sie wieder nach Graz zu ihrer Putzstelle. Das Gebäude befindet sich in der Nähe des Hauptbahnhofes, sodass sie auf die Straßenbahn verzichtete. Sie, grüßte ihre „Chefin" Frau Haslinger sehr freundlich. Diese sperrte dann ihre Kammer mit den Putz-Utensilien auf. Mit Eifer trat sie ihre Arbeit an, denn heute wollte sie rechtzeitig fertig sein. Alles ging flott voran, bis sie die Putzmaschine, das Monstrum für die Bodenreinigung starten wollte. Diese streikte, sie probierte mehrmals das Gerät zu starten, aber es wollte nicht. Was hat sie falsch gemacht? Sie war ganz verzweifelt, als sie sich endlich entschloss, Frau Haslinger um Hilfe zu bitten. Sie fuhr in den dritten Stock und da war Frau Haslinger. Umringt von fünf „Kolleginnen" in einer Hand eine Kaffee-Tasse, in die andere eine Zigarette. Alle lachten und sprachen entweder Tschechisch oder sonst eine osteuropäische Sprache. Sie ließen sich von Sabine nicht stören, sondern plauderten munter weiter. „Entschuldigen Sie die Störung, Frau Haslinger, aber meine Putzmaschine funktioniert nicht." Sabine war sauer, aber trotzdem freundlich zu ihrer „Chefin" Diese war über die Unterbrechung ihrer Kaffee-Pause keineswegs erfreut. „Was du wollen, Kollega sind schneller beim Putzen als du, sie haben Kaffee-Pause verdient." Schwerfällig erhob sie sich und fuhr mit Sabine unentwegt schimpfend in den 5. Stock. Bei der Maschine drehte sie ein paar Hebel, startete- und siehe da, sie ratterte wie eine Dampfmaschine und funktionierte wieder. „Du so blöd, nicht in Hirn geht was ich dir sagen. Habe gut erklärt. Immer Hebel umdrehen, sonst nix geht, capito?"

Sabine genierte sich ob dieser Schelte, aber sie musste alles hinnehmen und so freundlich als möglich antworten. „Ist in Ordnung, ich werde mir das merken."

Zeitgerecht hatte sie auch ihr Stockwerk sauber gemacht.

In den folgenden Tagen fiel die Arbeit schon leichter und der Kampf mit der Putzmaschine war gewonnen.

So war es auch in den folgenden Wochen. Herr Roth zahlte ihr freitags den Wochenlohn bar aus. Aber in der dritten Woche sagte er zu ihr, dass er dies nur mehr eine Woche bar zahlt. Dann müsste sie eine Kontonummer bekannt geben. Außerdem wird ihr Arbeitsbereich neu eingeteilt.

Wieder kam eine neue Herausforderung auf sie zu. Fast hatte sie sich an Frau Haslingers in verschrobenem Deutsch gesprochenen Anweisungen gewöhnt. Sie hütete sich auch, in deren Stockwerk zu kommen. Sie wollte Frau Haslingers Kaffee- und Zigarettenpause und deren Untertanen keineswegs stören. Aber woher sollte sie eine Kontonummer ohne Kosten und Verpflichtung nehmen?

Am Donnerstag der letzten Urlaubsvertretungs-Woche kam unerwartet Herr Roth zu ihr Sie war gerade mit ihrem ursprünglichen Feind, der Putzmaschine unterwegs, als er sie ansprach: „Frau Kaiser, ich habe mit Ihnen was zu besprechen. Kommen Sie bitte mit."

Diese erschrak. War das schon wieder eine Kündigung? Sie ist traumatisiert und bekommt bei jedem Gespräch mit einem Vorgesetzten weiche Knie und Herzklopfen.

Sie folgte ihm bis zu einem Büroraum mit Stühlen. Er bot ihr einen Platz an.

„Frau Kaiser, Sie sind in Geldschwierigkeiten, und deshalb dachte ich an Sie für diesen Auftrag."

War das schon wieder ein Auftrag wie von Jules Casetta? In Sabines Kopf drehte sich ein Kreisel. Sie wagte, Herrn Roth nicht in die Augen zu sehen.

Er sprach weiter. „ Wir haben eine ganz bedeutende Kundschaft. Diese Dame wohnt in einer Villa in Graz- Maria Trost und ihre Putzfrau ist erkrankt.

18. Kapitel

„Wann darf ich anfangen?" Herr Roth antwortete: „Schon morgen. Wissen Sie, Frau Pfeifer hat schlechte Erfahrungen mit ausländischen Putzfrauen. Sie wurde einmal bestohlen. Deshalb verlangt sie absolut integres Personal von uns. Melden Sie sich morgen um 9 Uhr früh bei dieser Adresse. Allerdings müssten Sie auch das kommende Wochenende durcharbeiten."

„Ich werde pünktlich vor Ort sein. Treffe ich Sie dort, Herr Roth?"

Er antwortete: „Ja, morgen werden Sie und Frau Hanni, eine sehr tüchtige Person, das Haus gründlich durch reinigen. Die Besitzerin wird erst am Samstag zugegen sein. Dann kommt auch eine Catering-Firma mit Service-Personal, denn abends soll eine kleine Feier im Hause stattfinden. Sonntagmittag werden Sie wieder gebraucht um sauber zu machen."

„Danke, Herr Roth, ich kann diesen Verdienst gut gebrauchen."

Sie erledigte rasch die Restarbeit, verzichtete auch auf ein Abschiedswort bei Frau Haslinger. Diese war nicht sehr freundlich und hilfsbereit zu Sabine, sie würde sie nicht vermissen. Sie freute sich auf die Arbeit morgen.

Zu Hause suchte sie die Visitenkarte ihrer ´Zugsbekanntschaft von Bruck. Die vornehme Dame hatte sie damals eingeladen. Aber Sabine war in der vergangenen Zeit so sehr mit ihren Problemen beschäftigt, sodass sie nicht die Zeit fand diese Einladung anzunehmen.

Siehe da, in der Kostümjacke, die sie beim Vorstellungsgespräch in Bruck getragen hatte, fand sie die Büttenpapier-Visitenkarte. Diese Adresse ist morgen der Ort ihrer neuen Putzstelle. Ob das nicht schicksalhaft war. Nun wurde sie doch ein wenig aufgeregt. Wie würde sich die Frau Pfeiffer als Vorgesetzte verhalten?

Ach, was, das Wichtigste war, Geld für das tägliche Leben zu haben. Sie wollte doch arbeiten. Bis zum Umschulungskurs musste sie durchhalten. Die Wohnung hatte sie verloren. Sie hatte sich so sehr angestrengt, aber alles war vergebens.

Am nächsten Tag fuhr sie mit dem Morgenzug nach Graz, gemeinsam mit vielen Schülerinnen und Schülern. Die plauderten munter durcheinander. Einige von ihnen lernten noch schnell Vokabeln. Sie hatten gestern wohl keine Lust oder Zeit dafür. Diese Meute war eine gute Abwechslung für Sabine. Denn sie war nervös, als ob sie vor einer Prüfung stünde.

Mit der Straßenbahn war die Ziel-Adresse leicht zu erreichen. Während der Fahrt durch die Stadt lenkten die schönen Gebäude am Hauptplatz und der Herrengasse ihre Gedanken in eine andere Richtung.

Nun stand sie vor dem Tor aus Schmiedeeisen. Es war verschlossen, also musste sie auf Herrn Roth warten. Dieser kam auch schon von der Nebenstraße. Gemeinsam mit ihm eine Frau, die er als Frau Hanni vorstellte. Ihr Alter war schwer zu schätzen. Wahrscheinlich um die fünfundfünfzig. Eine etwas rundliche Person

mit graumeliertem Haar, graublauen Augen, mit
einer ungeheuer sympathischen Ausstrahlung.

„Ich bin die Hanni, und ich höre du bist die
Sabine. Wir zwei werden das Haus wieder auf
Hochglanz bringen, nicht wahr?"

„Ich freue mich, Hanni, mir dir zu arbeiten.
Ich darf doch du zu dir sagen?"

„Natürlich, das ist doch klar. Du wirst sehen, die Frau Pfeifer ist auch ganz nett."

Hanni besaß die Schlüssel für das Anwesen,
denn sie hatte schon oft ausgeholfen.

Sie war hauptberuflich Hausmeisterin im Haus
in der Nebenstraße.

Deshalb war es für Frau Pfeifer sehr beruhigend, wenn Hanni nach dem Rechten sah.

Sie gingen durch einen parkähnlichen Vorgar-
ten. In Form gestutzte Buchsbäume und engli-
sche Rosenbüsche zeugten von einem guten
Gärtner. Die Rosen waren wegen der Kälte gut
verpackt. Die übrigen winterfesten Sträucher
waren mit Holz-Dekor aufgeputzt. Bemalte
Holzfiguren auf einem Bambus-Stiel befestigt
und bunte Bänder in einer Reihe gesteckt,
bildete das Wort WILLKOMMEN:

Die Villa war ein schmuckes Schlösschen mit
Schön Brunner -kaisergelber Fassade. Eine
grüne verzierte Holzveranda und Fensterläden
verschönten das Gebäude. Beim Betreten der
Eingangshalle war man überwältigt von der Hö-

he des Raumes. Auch die Zimmer hatten allesamt eine imposante Größe. Die antiken Möbel verlangten auch diesen Platz.

Herr Roth hatte die beiden verlassen, Hanni sagte zu Sabine: „Also das einfachste ist, wenn wir beide gemeinsam die Zimmer auf Hochglanz bringen. Du lernst da am besten, den Ablauf und auch das Umfeld kennen."

„Das ist mir sehr recht, und es ist auch unterhaltsamer zu zweit. Hanni, wer wohnt denn hier in der Villa?" fragte Sabine.

„Zur Zeit nur Frau Pfeifer allein. Sie ist verwitwet. Der Sohn hat eine eigene Familie und wohnt in Wien. Die Tochter ist in München verheiratet."

„Dieses große Gebäude für eine Person? Man verliert sich doch in den Hallen, " antwortete Sabine.

„Ja, das ist auch der Grund, weshalb sie sehr oft in ihrem Landgut in Salzburg ist. Aber übermorgen ist eine Geburtstagsfeier mit Familie angesagt, deshalb kommen alle ins Haus."

So plauderten beide munter drauflos, während sie systematisch alle Räume vom Staub befreiten. Das war nicht allzu schwer, denn das Haus ist schon längere Zeit unbewohnt. Die

Hüllen über den Sofas und Stühlen bildeten einen guten Schutz gegen Staub und Ausbleichung. Mit Hanni war sogar Staubwischen eine Freude.

So verging der Tag im Nu. Sie hatten beide die Zeit übersehen, sie hatten bis 16 Uhr ohne Pause durchgearbeitet. Doch nun stellte sich bei ihnen der Hunger ein.

Hanni kannte sich in der Küche sehr gut aus. So wurde in der Mikrowelle im Nu die Pizza fertig, die sie aus der Tiefkühltruhe geangelt hatte.

Hanni sagte: „Wir haben die Erlaubnis von Frau Pfeifer. Sie sagt immer, bediene dich, Hanni, so viel du magst. Du weißt ja dass sie Mitinhaberin des großen Lebensmittel-Konzerns ist, also Tiefkühlprodukte gibt es immer genug im Haus."

Sabine dachte, wie die Wege sich kreuzen. Noch vor einigen Monaten war sie so verzweifelt, weil der Sohn von Frau Pfeifer sie nicht eingestellt hatte. Nun saß sie in der Küche seiner Mutter und aß eine Pizza.

Dieser Tag war einer der schöneren der letzten Jahre. Sie kam müde, aber zufrieden am Abend nach Hause. Diese Hanni hatte sie mit ihrer positiven Ausstrahlung ihre Sorgen vergessen lassen. Bis sie ihre Post sortierte.

Neben all den Werbeprospekten war auch ein Brief von der Bank.

Mit diesem Schreiben wurde das Datum der Zwangsversteigerung genannt. Eine Verständigung des zuständigen Gerichts sei unterwegs.

Immer wenn es ein Hoch in ihrem Leben gab, war die Folge, der freie Fall nach unten.

In zwei Wochen war es also soweit, und sie wurde heimatlos.

Trotzdem verschob sie wieder einmal ihre Sorgen auf morgen, sie hatte ja keine andere Wahl.

Am nächsten Morgen vergönnte sie sich wieder einmal ein kräftiges Frühstück mit Kaffee, Butterkipferl und Müsli.

Sie war für 9 Uhr wieder mit Hanni verabredet. Heute sollten beide der Catering-Firma beim Aufbau der Festtags-Tafel helfen. Das Silber wurde geputzt und alle Kristallgläser blitzblank poliert. Frühlingsblumen verliehen dem Raum heitere Beschwingtheit.

Hanni und Sabine waren gerade fertig geworden, als Frau Pfeifer mit dem Taxi ankam.

Hanni ging ihr entgegen, begrüßte sie und
nahm vom Taxifahrer die Koffer in Empfang.
Sabine tat dasselbe.

„Hanni, meine gute Seele, ich habe schon von
Herrn Roth gehört, dass du Unterstützung
hast. Guten Tag Ihr beide. Sie haben alles
wunderschön gemacht. Ach, ich bin so müde,
ich brauche nur dringend ein heißes Bad."

Sie reichte Hanni und Sabine kurz die Hand
und weg war sie, Richtung Badezimmer.

Sie hatte Sabine offenbar nicht erkannt. Aber
diese wusste, das ist die quirlige Lady. Das
war die Dame, dessen Koffer sie in Bruck in
den Zug gehoben hatte.

 Sabine war froh, dass sie anonym blieb. Sie
half Hanni die Koffer ausräumen, einen Teil
in die Waschmaschine zu stecken, die Schuhe
zu säubern und alle Utensilien an den richtigen Platz zu bringen.

 Einige Mäntel und Jacken wurden in den be-
gehbaren Schrank gehängt. Dieser war mit einer Klima-Anlage ausgestattet, wie bei allen
anderen Räumen des Hauses modernste Technik
hinter den antiken Möbeln verborgen war.

„Hanni, du bist morgen auch hier?" fragte Sabine zum Abschied.

Diese sagte: „Freilich helfe ich dir, und
heute sage ich Frau Pfeifer, dass du den Zug

erreichen musstest. Ich bringe ihr noch einen Tee ins Schlafzimmer. Mehr will sie heute sicher nicht. Also, mach's gut. Morgen wird ein anstrengender Tag für uns und du siehst müde aus."

Sie war an diesem Samstag auch sehr niedergeschlagen und fürchtete sich vor dem nächsten Tag. Morgen wird sie die Teller und Gläser abservieren und die Küche reinigen müssen. Der arrogante Sohn von Frau Pfeifer wird sie sicher wieder erkennen. Er wird sich bestätigt fühlen, weil er sie nicht in seinem Büro angestellt hat. Denn wenn sie eine qualifizierte Kraft wäre, würde sie nicht solch niedere Dienstleistungsarbeiten verrichten.

Hannis positive Ausstrahlung ließen die Ängste vergessen. Sie holte sie gleich bei der Ankunft in die Küche und lachte herzlich, als Sabine ihr Leid klagte.

„Was, du kennst diesen „Hubertus vom Hohen Sockel? So nennen ihn seine Freunde hinter seinem Rücken. Er ist ja ein VON mütterlicherseits. Er war schon als Student so hochnäsig, deswegen der Spitzname. Aber ihn sehen wir nur heute, also brauchst du keine Angst haben. Frau Pfeifer ist zwar quirlig und überdreht, aber sonst sehr lieb und großzügig."

Ganz beruhigt war Sabine noch nicht. Sie versuchte sich möglichst in der Küche nützlich zu machen. Die Catering-Firma hatte mit den Speisen auch noch zwei Servierkräfte bereitgestellt.

Zwischendurch kamen immer wieder die einzelnen Familienmitglieder herein. Die Münchnerin mit ihren beiden Zwillingstöchtern verlangten Orangensaft frisch gepresst. Alle drei mit Model-Figuren. Die Zwillinge ungefähr 15 Jahre alt und zickig wie die Mama. Der Münchner Ehemann hingegen war ein sehr gemütlicher Mann mit Halbglatze und Bierbauch. Sie erfuhr von Hanni, dass er eine der größten Brauereien von Bayern besaß. Er verlangte zum Frühstück zünftig Eier mit Speck.

„Sie sind die neue Perle meiner Schiegermutter?" sprach er Sabine an.

Diese antwortete: „Nein, nur aushilfsweise vorübergehend."

„Das ist aber schade, denn Sie kochen sehr gut, Ihr Eierspeis ist zünftig bayrisch. Was machen Sie denn sonst?"

Sabine schämte sich zu sagen, dass sie arbeitslos ist. Sie sagte nur. „Ich war Buchhalterin, mache aber nun eine Umschulung als Altenpflegerin."

„Tüchtig, tüchtig, also mit diesem kräftigen Frühstück werde ich das arrogante Gequatsche meines Schwagers heute noch überstehen. Jetzt fehlt mir nur noch mein bayrisches Bier.

Insgeheim freute sich Sabine über die urigen Auswüchse dieses Herrn. Hanni kam gerade zur Tür herein und sagte:

„Hilfst du bitte, die Bäder sauber zu machen. Es sind drei Badezimmer zu reinigen. Die Herrschaften verlassen diese immer im Chaos."

Beide polierten die Spiegel und Wannen wieder sauber. Sie legten frische Handtücher bereit und im Nu glänzte alles wieder wie neu. „Hanni, mit dir zu arbeiten, ist eine Freude, da macht sogar das Putzen Spaß." „Man muss nur bei allem, was man tut, gute Gedanken voraus schicken. Diese sind wie unsichtbare Schutzengel, und machen alles Schwere leicht."

Wenn das wirklich so einfach wäre. Sabine nahm sich vor, „positives Gedankenschicken" zu lernen.

Beide waren in die Küche, zu ihrem heutigen Arbeitsplatz zurückgekehrt, als Frau Pfeifer hereinkam.

„Ach, Hanni, danke, dass du zusammen mit deiner Hilfe alles so wunderbar vorbereitet hast. In einer Stunde soll das Fest beginnen. Ich freue mich ja so, meine Familie an einen Tisch zu haben. Das kommt ja leider nur alle zehn Jahre vor. Alle sind so sehr beschäftigt." Während sie sprach, ging sie ganz nervös an den vorbereiteten Vorspeisen-Platten hin und her und begutachtete, ob wohl alles in Ordnung sei.

Plötzlich blieb sie stehen, schaute zu Sabine und sagte: „Kenne ich Sie nicht? Sind Sie mir bei meinem Kuraufenthalt begegnet? Nein, jetzt erinnere ich mich, Sie waren damals so freundlich, mir in den Zug zu helfen. Warum haben Sie sich nie gemeldet? Ich habe Sie damals auf einen Tee eingeladen."

„Grüß Gott, Frau Pfeifer, ich hätte das gerne getan, aber ich war so sehr beschäftigt. Ein eigenartiger Zufall wollte es, dass Herr Roth mich hierher vermittelt hat."

„Frau ?.." „Oh, entschuldigen Sie, ich habe mich nicht vorgestellt, mein Name ist Sabine Kaiser."

„Also liebe Frau Sabine, heute habe ich keine Zeit zu plaudern, aber wir werden den Tee-Nachmittag so bald als möglich nachholen."

Und schon war sie Richtung Speisesaal verschwunden.

Hanni schaute verwundert drein. „Du kennst auch Frau Pfeifer?"

„Kennen ist zu viel gesagt. Ein Zufall wollte es, als ich mich bei ihrem Sohn leider vergeblich als Buchhalterin beworben habe, bin ich Frau Pfeifer am Bahnhof Bruck begegnet. Sie kam damals von einem Kuraufenthalt und ich habe ihr beim Umsteigen in den Zug geholfen."

Ja, unsere Schicksalswege sind manchmal sehr verwinkelt und undurchschaubar.

Alles im Leben ist vorbestimmt. Man kann sich noch so sehr wundern, warum ist sie gerade hier in der Villa Pfeifer? Die zwei Servierkräfte der Catering-Firma servierten die Vorspeisen, brachten nach einiger Zeit die Teller und Platten in die Küche. Hanni und Sabine spülten und trockneten das wertvolle Porzellan und die geschliffenen Gläser vorsichtig. Das Geschirr war viel zu wertvoll, um von einem mechanischen Geschirrspüler behandelt zu werden.

So verlief der Nachmittag recht angenehm. Mit Hanni war das keine schwere Arbeit. Das Dessert-Porzellan war gerade abserviert, da betrat der Junior-Pfeifer die Küche und befahl, den Champagner zu servieren. Während dessen läutete sein Handy und er war mit einem Telefonpartner so sehr beschäftigt dass er die zwei gar nicht beachtete. Sabine war sehr froh darüber und versuchte ihre Arbeit so einzuteilen, dass sie nicht in sein Blickfeld kam. Sie kannte ja die arrogante befehlende Stimme des Herrn Pfeifer.

Aber es nützte nichts. Bevor er die Küche verließ, drehte er sich nochmal um und sah Sabine direkt in die Augen. „Sie?" Staunend fragte er, „Frau Kaiser was machen Sie denn hier?"

Sabine stotterte: „ Sie erinnern sich an mich? Ja der Zufall wollte es, dass Herr Roth mich hierher vermittelt hat. Ich mache demnächst einen Umschulungskurs als Altenpflegerin, und jetzt brauchte ich einen Aushilfs-Job.“

„Es tat mir sehr leid, dass ich sie damals nicht einstellen konnte, aber die Spanischkenntnisse der Frau Winter sind für unser Geschäft sehr wichtig. Alles Gute beim Neubeginn.“

Und schon war er verschwunden. Die Hektik verbreitete er sogar in seiner Privatzeit.

Hanni sagte nur: „Sei froh, Sabine dass du bei diesem Chef nicht arbeiten musst. In ein paar Jahren wärest du reif für die Klapsmühle.“

Hanni hatte es richtig erkannt. Es ist wie es ist.

Am Sonntag wollte die Familie Pfeifer mit Großmutter, Kinder und Enkel ungestört sein. Hanni und Sabine wurden für Montag um 10 Uhr in die Villa bestellt. Sie sollten die Betten frisch beziehen, die Bäder reinigen und auch ihren Stundenlohn erhalten.

Herr Roth kam um 14 Uhr. Beide erhielten das Geld von ihm. Denn seine Reinigungsfirma hatte einige große Gebäude für die Firma Pfeifer in Auftrag. Wahrscheinlich war diese Familienfeier auch ein Repräsentations-Essen.

Wichtig war für Sabine aber derzeit nur, dass sie ein wenig Bargeld zur Verfügung hatte.

Herr Roth besprach mit Frau Pfeifer, ob sie mit der Vorbereitung für das Fest zufrieden war. Und diese sprach mit Begeisterung, wie schön alles arrangiert war und die Frau Sabine und Hanni sehr fleißig und tüchtig seien.

Sabine wurde gefragt, ob sie nicht ständig bei Frau Pfeifer in der Villa arbeiten wolle.

Diese sagte wahrheitsgemäß:

„Sehr gerne, bis ich meinen Umschulungskurs in zwei Monaten beginne. Dann könnte ich eventuell am Wochenende aushelfen."

„Frau Sabine, Sie sind mir außerdem noch eine Tea-Time schuldig. In meinem Alter bin ich leider nur von gereiften schrulligen Menschen umgeben. Meine Kinder gehen ihre eigenen Wege. Die Enkel sind halbwüchsig und haben ihren Freundeskreis. Also, ich empfinde ihre Gesellschaft äußerst anregend und kultiviert."

Diese fühlte sich geehrt. So viel Lob hatte sie seit Jahren nicht gehört.

War der freie Fall durch einen Rettungs-Fallschirm gebremst worden? Sie wagte es noch gar nicht zu hoffen.

Hannis Rezept: Positive Gedanken schicken alles wird gut.

Auch mein Leben wird wieder schön. Alles wird gut. Die Schutzengel behüten mich.

Sabine versuchte positiv zu denken und der Zukunft zu vertrauen.

19. Kapitel

Nach dieser Besprechung wurde sie entlassen und Sabine dachte, heute wäre es an der Zeit, wieder mit der Freundin Sofie Kontakt aufzunehmen. Am Bahnhof telefonierte sie mit ihr und fragte, ob sie denn für ein Treffen im Café Lust und Zeit hätte. Diese sagte sofort zu und sie vereinbarten einen Plausch im Café in der Nähe des Bahnhofes in Gratwein. Sabine machte einen Zwischenstopp und wollte mit dem übernächsten Zug weiter nach Hause nach Frohnleiten fahren. Sie freute sich, nach langem wieder ihre Freundin zu sehen.

Sofie die gute Seele, umarmte lachend ihre Freundin und sagte in gespielten bösen Ton. „Kein Wort spreche ich mit der Treulosen, wie oft habe ich auf deine Mailbox gesprochen ohne eine Antwort."

„Liebe Sofie, verzeih, heute ist nicht der Ort dir die ganzen Gründe dafür zu erklären, aber irgendwann erzähle ich es dir, glaube mir ich hatte eine schwere Zeit."

„OK, um ehrlich zu sein, man sieht es dir an, dass es dir nicht gut geht. Sag, kann ich dir helfen?"

„Nein, ich hoffe, dass ich das Schwerste schon hinter mir habe. Sobald ich ein wenig Klarheit und Ordnung in mein Leben gebracht habe, melde ich mich bei dir. Nur so viel kann ich dir heute schon sagen, ich kann leider meine Wohnung nicht behalten."

„Aber Freunde sollten doch auch in schweren Zeiten füreinander da zu sein. Warum lässt du dir nicht helfen?"

„Danke Sofie, es hilft mir sehr, wenn du mir zuhörst. Aber meine Probleme sind so schwerwiegend, da kann ich dich nicht belasten. Du hast schon genug mit deiner Familie zu tun. Und nun lass uns lachen, erzähle den Nachbarschaftsklatsch."

Sofie schaute Sabine fragend an: „Was willst du hören? Bist du wirklich schon so weit, dass ich dir von deinem Ex erzähle?"

„Ich denke schon. In letzter Zeit ist mir einiges klar geworden. Ich kann Werner nicht die ganze Schuld zuschreiben. Ich war auch

diejenige, die ihm immer alles recht machen
wollte. Ich habe dies mit Liebe verwechselt.
Wir beide waren viel zu jung und unerfahren,
und so hat sich alles entwickelt."

„Gut, dass du schon über die Trennung hinweg
bist. Eigenartig ist, dass nun die Rollen
vertauscht sind. Dein Werner macht sich bei
deiner Katja zum Hampelmann. Sie war schon
immer das verwöhnte Zahnarzt-Töchterlein. Die
Mutter-Rolle überfordert sie und er nimmt ihr
so viel als möglich von der Arbeit ab. Natürlich haben sie auch dank seiner Großmutter
eine Putzfrau."

Sabine antwortete: „Ach wie war ich blöd! Ich
spielte Mutter, Putzfrau, manchmal Ehegattin,
aber das ganz selten. Dazu war ich berufstä-
tig um seine Hobbys zu finanzieren. Na, ja
jeder bekommt das was er verdient."

Ein wenig plauderten sie noch, aber dann wurde es Zeit, den Zug zu erreichen.

Sie versprachen, recht bald dieses Treffen zu
wiederholen.

Auch ihrer Freundin Sofie tat es gut, ab und
zu aus ihrem Familien-Umfeld heraus zu kom-

men. Sie war ja auch sehr eingespannt. Ihre Schulkinder, dann die Schwiegereltern, alle beanspruchten Aufmerksamkeit und Zeit.

Ein schöner, hoffnungsvoller Tag lag hinter Sabine, bis sie nach Hause kam. Bei ihrer Post war ein Brief des Landesgerichtes Linz mit der Vorladung zur Gerichtsverhandlung in Sachen Julius Casetta.

Sie war zwar nur als Zeugin geladen, trotzdem hatte sie wahnsinnige Angst davor.

Sie konnte nicht sagen, dass sie insgeheim Julius Casetta schon als zwielichtiger Geschäfte-Macher verdächtigte. Sie wollte morgen gleich Herrn Dr. Kaltenbrunner, ihren Rechtsanwalt, anrufen. Dieser hatte sie damals so gut verteidigt, sodass sie nach zwei Tagen Untersuchungshaft frei kam.

Ob es hilft, wenn sie versuchte, positive Gedanken zu schicken?

Sie fühlte sich auch so schuldig. Zwar war für sie anfangs Julius Casetta der Mann der reiche Geschäftsfreunde hatte und denen er manche Reise abnahm. Sie dachte wirklich, es seien ganz normale Geschäfte, die er für seine reichen Freunde tätigte. Oft sind es Kurierdienste die man nur vertrauenswürdigen Leuten beauftragte die auch gut bezahlt werden.

Aber hätte es nicht schon bei den Worten der Streunerin im Park klingeln müssen, die sagte damals. „Hat der Jules dir was besorgt?"

Sie hatte alle Sinne ausgeschaltet, nur in der Hoffnung mit diesem Begleitservice-Honorar ihren finanziellen Engpass zu überbrücken. Auch wenn sie das Glück hatte, nicht angeklagt zu werden, ihr Gewissen konnte sie nicht abschalten.

Kommenden Freitag war der Verhandlungstag um 10 Uhr Vormittag. Sie musste schon Donnerstagabend mit dem Zug nach Linz fahren, um auf jeden Fall pünktlich bei Gericht zu sein. Sie wird in einer möglichst billigen Pension übernachten

Morgen wird sie Frau Pfeifer sagen dass sie Donnerstag und Freitag nicht zur Arbeit kommt.

Es wird schwer sein, zu erklären, weshalb sie bei Gericht vorgeladen wurde.

Aber heute wird sie versuchen, möglichst bald zu schlafen. Der Tag war aufregend und anstrengend genug.

Der Dienstag und Mittwoch verlief ereignislos. Herr Roth kam nur einmal kurz vorbei um sie nochmals daran zu erinnern, dass er eine Kontonummer für die Überweisung bräuchte.

Donnerstag zu Mittag bat Sabine Frau Pfeifer um eine Aussprache. Diese hatte die vergangenen Tage in Wien bei ihrer Freundin zugebracht. Sabine wurde inzwischen beauftragt alle Fenster zu reinigen. Das war schwer genug. Denn die Villa hatte sehr viele hohe Fenster. Nun war alles wieder sauber und Frau Pfeifer war zufrieden mit dem Ergebnis. „ Na Frau Sabine, was haben Sie auf dem Herzen?" fragte ihre Arbeitgeberin.

„Gnädige Frau, ich habe mehrere Probleme. Aber zwei davon sind leider sehr dringend. Erstens, ich muss am Freitag zu einer Gerichtsverhandlung als Zeugin aussagen. Deshalb kann ich morgen nicht kommen. Aber wenn Sie mich am Wochenende brauchen, komme ich gerne."

„Aber Frau Sabine, das geht doch in Ordnung. Und das zweite dringende wäre?"

„Herr Roth benötigt eine Kontonummer von mir, um den Lohn zu überweisen. Aber ich habe mich beim Ankauf meiner Eigentumswohnung übernommen. Jetzt habe ich eine hohe Kontoüberziehung, dass ich keinen Cent abheben darf."

„Ich verstehe, was Sie damit sagen wollen. Wir werden eine Lösung finden. Ich werde mich bei meinem Steuerberater informieren. Wir sehen uns dann kommenden Montag. Bis dahin, alles Gute."

„Herzlichen Dank, Frau Pfeifer, gestatten Sie, dass ich Sie umarme?"

Sabine war den Tränen nahe, sie war ihrer Chefin für das Verständnis unendlich dankbar.

„Ach, Kindchen, ich habe mich an Sie und Hanni schon so gewöhnt. Ich weiß zu schätzen, weil ich Euch vertrauen kann."

Damit verabschiedete sie Sabine.

20. Kapitel

Zweierlei Gefühle brannten ihre Zeichen ins Herz. Einerseits keimte Hoffnung auf, dass sie endlich friedlich arbeiten und leben konnte.

Andererseits hatte sie panische Angst vor den nächsten Tagen. Sie fürchtete sich vor der Gerichtsverhandlung. Vor der Begegnung mit Julius Casetta. Seine wirklichen Auftraggeber wurden nie gefasst. Nur der Kontaktmann, der ihm in Wien die Flugkarten überreicht hatte, wurde aufgrund der Video-Aufzeichnungen ermittelt und angeklagt. Es war ein italienischer Zuhälter, der auch schon für kleinere Delikte in der Rauschgiftszene registriert war. Eigentlich wäre der Campingwagen nie kontrolliert worden. Aber anscheinend wurden sie in die gnadenlosen Unterwelt-Kämpfe der serbischen und italienischen Rauschgift-Mafia verwickelt.

Die einen wollten die Serben ausbooten und die anderen in den italienischen Markt einbrechen. Ein einfacher anonymer Tipp genügte. Und das riesige Kontingent Heroin, das im Camper versteckt war, wurde aus dem Verkehr gezogen. Die Konkurrenz war geschwächt. Jules und Sabine hatten Glück, nur so aus dem „Geschäft" gedrängt und nicht ermordet zu werden.

Dies stand natürlich nicht in der Zeitung, sondern andeutungsweise erfuhr sie das von Herrn Dr. Kaltenbrunner. Den Rest reimte sie sich selber zusammen.

Sie war gestern Abend mit dem Zug nach Linz gefahren und übernachtete im billigsten Hotel das sie durch das Tourismusbüro vermittelt bekam.

Es war nicht entfernt vom Gerichtsgebäude. Deshalb ging sie zu Fuß zur „Richtstätte". Der Kaffee im Hotel schmeckte schal, das Gebäck zäh. Aber vielleicht war das nur ihr Empfinden.

Die Angst schmeckt bitter und das Gewissen drückt zentnerschwer auf ihr. Warum war sie mitgefahren. Weshalb hat sie keine Zivilcourage? Sie wird auch heute nicht ihre innersten Gedanken verraten. Denn wem würde es nützen? Sachdienliche Hinweise zur Aufklärung konnte sie nicht geben, weil sie wirklich nichts wusste. Freiwillig wird sich nichts von den Abenteuern Schweiz und Istanbul erzählen. Die Polizei hatte längst die Reisepassdaten ermittelt. Aber es waren Urlaubsreisen, das ist doch erlaubt, oder? Gewissen wird stillgelegt.

Viel zu früh, betrat sie das Gerichtsgebäude. Sie legte ihre Vorladung vor und wurde durch einige Sicherheitsschleusen vor den Verhandlungssaal gebracht. Ihre Knie zitterten. Die Hände fühlten sich eiskalt und tot an, wurden auch nicht lebendiger wenn sie sie gegeneinander rieb. Sie verschränkte sie wie zum Gebet und dachte an Hanni: Positive Gedanken, positive Gedanken schicken…

Woher nehmen und nicht stehlen. Na, das waren keine passenden Gedanken für diesen Ort.

Sie setzte sich auf einen der freien Stühle und blickte sich vorsichtig um. Einige Reporter mit Kameras befanden sich in der Nähe der Eingangstür zum Verhandlungssaal. Der lange Korridor wurde nur von vielen hohen weißen Türen unterbrochen. Aus einer dieser Türen trat nun ihr Dr. Kaltenbrunner. Er erkannte sie und reichte ihr die Hand. „Guten Tag, Frau Kaiser, wie geht es Ihnen? Ich vertrete heute auch Herrn Casetta. Sie sagen am besten als Zeugin gleich viel aus wie damals, nämlich NICHTS. Sie werden später aufgerufen.“

Und mit diesen Worten war er hinter der Saal-
tür verschwunden.

Sabine blieb ganz verstört zurück.

Nun war auch ein Reporter auf sie aufmerksam
geworden. Er zeigte den Ausweis und sprach
sie an.

„Wollen Sie mit mir eine Story über diesen
spektakulären Fall machen? Da steckt eine
ganz große Sache dahinter .Sie könnten sicher wertvolle Hinweise liefern Über das Honorar werden wir uns sicher einig."

„Nein, ich weiß wirklich nichts, ich will nur
meine Ruhe haben und von der ganzen Sache
nichts mehr hören", antwortete sie.

„Vielleicht überlegen Sie es sich noch", und
drückte ihr seine Visitenkarte in die Hand.

Plötzlich hob er seine Kamera und fing an zu
fotografieren, denn die Angeklagten wurden
mit Polizeibegleitung zum Verhandlungssaal
geführt.

Sabine erkannte den einen als den Überbringer
der Flugkarten und der Reisetasche, die Jules
damals nach Zürich mitgenommen hatte. Sie
schaute schnell weg und tat so als würde sie
ihn nicht kennen.

Bei Casetta war es anders. Ihn konnte sie
nicht verleugnen. Ganz schmal war er geworden
in den letzten Monaten. Die Stirnglatze noch
höher, tiefe Augenringe waren ohne seine ob-

ligatorische Sonnenbrille deutlich zu sehen. Trotzdem wie immer elegant gekleidet. Grauer Anzug, hell rosa Seidenhemd mit Krawatte. Nur die Handschellen und Polizisten störten das Gesamtbild. Sonst wäre er in einer Hotelhalle besser zur Geltung gekommen. Einige Sekunden trafen sich die Augen von Sabine und Jules. Sabines Ausdruck sagte, „ich wusste nichts, und du?"

Er blickte weg. Der Moment war vertan.

Jetzt hieß es warten, bis sie aufgerufen wurde. Dies erinnerte sie an das Arbeitsamt. An die Zahl 66. Nur dort hatte sie persönlich noch ein wenig Hoffnung gehabt. Aber hier?

Wenn nur endlich dieser Tag ausgestanden wäre.

Knapp vor halb zwölf wurde sie aufgerufen.

Wie im Trance erlebte sie das Procedere der Namensverlesung. Dann wurde sie gefragt: „Wie und wo haben Sie mit Herrn Casetta Verbindung aufgenommen?"

Sie antwortete wahrheitsgemäß: „Ich bin im Park, als ich auf Arbeitssuche war gesessen und die Zeitungsannoncen studiert, da hat er mich angesprochen. Er hat mich zum Essen eingeladen."

„Sie gehen mit fremden Männern gleich zum Essen?"

„Ich war hungrig, außerdem bin ich geschieden und ungebunden. Er hat sehr seriös auf mich gewirkt und einen Job als Begleit-Service angeboten."

„Welche Service-Leistungen sollten Sie erbringen?"

„Wenn ein Geschäftsmann mit Begleitung zu einer Besprechung kommt, wirkt alles seriöser und entspannter. Und ich sehe nicht aus, wie ein junges Model. Also warum sollte ich an diesem Angebot zweifeln?"

Sabine wusste nicht, woher sie die Ruhe nahm, diese Fragen so korrekt und glaubwürdig zu beantworten.

„Und mit welcher Begründung sollte der Campingwagen, von Amsterdam nach Wien gebracht werden?"

„Herr Casetta sagte zu mir er besitzt einen Campingbus. Sein Freund wollte schon am kommenden Sonntag mit dem Camper auf Urlaub fahren und eine Überstellung mit dem Autozug wäre nicht so schnell. Da dachte ich, ich bin noch nie mit einem Campingbus unterwegs gewesen, das wäre doch einmal eine Abwechslung."

Sie durfte den Zeugenstand verlassen.

Die Verhandlung dauerte noch einige Stunden. Noch wurde kein Urteil gesprochen. Aber am späten Nachmittag war es soweit.

Julius Casetta wurde mit Hilfe seines Anwalts freigesprochen. Wegen nicht ordnungsgemäßer Auto-Anmeldung wird er in einem Finanzstraf-Verfahren sich zu verantworten haben. Den Drogenschmuggel konnte man ihm nicht nachweisen. Aber der Camper war nicht ordnungsgemäß verzollt. Da konnte er sich nicht ausreden. Die Nova zu umgehen wird schwer bestraft.

Der andere Angeklagte, der Mittelsmann, ein italienischer Staatsmann wurde auch freigesprochen. Ihm konnte man nur telefonischen Kontakt mit Casetta vorwerfen. Also hatte der große Mafia-Boss gute Arbeit geleistet und ihr Schweigen wurde belohnt.

Kann es wirklich sein, dass Casetta unschuldig war? Sabine holte sich bei der Gerichtskasse das gesetzliche Fahrtgeld ab und ging zum Bahnhof. Sie wollte so schnell als möglich mit der West Bahn nach Wien, dann mit dem Anschluss nach Frohnleiten fahren.

Mit einem Becher Cola und einer Wurstsemmel setzte sie sich in den Zug. Sie schloss die Augen und dachte, Gott sei Dank, das ist geschafft. Also einen Begleitservice-Auftrag wird sie sicher nie mehr annehmen. Sie biss herzhaft in ihr Nachtmahl.

„Guten Appetit, Sabine." Sie verschluckte sich, als sie die Augen aufmachte und ihr gegenüber Julius Casetta Platz genommen hatte.

„was... machst du denn hier?" konnte sie nur stottern.

„Das gleiche wie du, ich fahre mit der schönen West Bahn nach Wien."

„Warum fährst du nicht mit deinem Auto?"

Er antwortete so zweideutig und lässig wie sie ihn kannte.

„Liebe Sabine, das Gefängnis stellt keinen Leihwagen zur Verfügung. Mein Audi steht in Graz. Mein Campingwagen wurde von der Polizei noch nicht frei gegeben. Diese Herren hoffen noch immer den großen Rauschgiftring zu knacken. Sie haben jeden Winkel nach unseren Fingerabdrücken in den verschlossen Kästen durchsucht. Sie konnten nichts finden, denn wir beide haben doch nichts berührt."

Sabine war inzwischen der Appetit vergangen. Die Kehle war trocken und sie schluckte ein wenig von der Cola.

Sie blickte Jules direkt in die Augen und fragte: „Hast du wirklich nichts vom Inhalt des Campers gewusst?"

Dieser sagte: „Nein, ich habe ihn nur zu einem extrem günstigen Preis gekauft und gleich in Holland angemeldet. Ich wollte beim Neuwagen die Nova sparen. Mein lieber Freund Carlo hat dieses Geschäft vermittelt. Ich wusste nicht, dass er mich als „Gepäcksträger" benutzt."

„Aber sagtest du nicht, du wolltest endgültig aussteigen?"

„Das ist richtig, und das habe ich auch Carlo gesagt. Und er meinte, ich könnte mir mit dem supergünstigen Kauf des Campers mein Startkapital erwerben. Wenn ich den Camper dann weiter vermiete, hätte ich bald die Anschaffungskosten erwirtschaftet. Ja, so habe ich jetzt nichts, außer einem Finanzstraf-Verfahren am Hals, das mir einiges Kleingeld kosten wird."

„Aber dein Campingbus wird doch nicht ewig beschlagnahmt sein." Antwortet Sabine und will ihn damit trösten.

„Das kann noch einige Monate dauern. Aber trotzdem werde ich eine Versicherungs-Agentur eröffnen. Wenn du eine Anlage- oder Versicherungsberatung brauchst, melde dich bei mir. Oder vielleicht kannst du mir jemand vermitteln."

„Jules, du kennst ja meine Schwierigkeiten. Meine Wohnung, für die ich all diese abenteuerlichen Reisen gemacht habe, kann ich nicht behalten. Wie du siehst, habe ich auch alles verloren. Die Gratwanderung war umsonst. Deshalb werde ich einen ganz neuen Lebensweg gehen. Unsere Wege werden sich in Zukunft nicht mehr kreuzen."

Dieser schaute sie lange an, bevor er antwortete.

„Die Wege des Schicksals sind unergründbar,
man kann niemals nie sagen.“

Inzwischen waren sie schon in Wien angekommen.

Sabine konzentrierte sich, um bei den großen
Anzeigetafeln den richtigen Bahnsteig für die
Fahrt Richtung Graz zu erforschen.

Während dessen war ihr Begleiter Jules verschwunden. Sie sah noch von weitem wie er einem Mann südländischer Herkunft die Hand
reichte und mit ihm Richtung Café verschwand.

Schaut so ein Neubeginn ins reguläre Leben
aus? Na, was soll`s, er kann sein Leben ge-
stalten wie er will, das geht sie nichts an.

Sie beeilte sich, den Zug Richtung Graz zu
erreichen.

Es war beruhigend endlich allein zu sein und
den Gedanken freien Lauf zu lassen.

So hundertprozentig glaubte sie nun nicht
mehr, dass Jules unschuldig war. Warum hat er
sich schon wieder mit einer etwas zweifelhaf-
ten Person getroffen? Oder war sie nur aufgrund ihrer schlechten Erfahrung voreingenom-
men?

Sie lehnte sich entspannt zurück und war sogar eingeschlafen, wachte erst nach den Semmering-Tunnels wieder auf.

Morgen am Sonntag wird sie einen Tag ohne Zukunftsgedanken oder Ängste leben. Das war jedenfalls der feste Vorsatz.

Geplant ist: Ein Spaziergang und anschließend ein Buch lesen, sonst nichts.

Endlich zu Hause . So lange es nur möglich ist, wird sie dieses Zuhause genießen. Schade, die Wohnung war so zauberhaft und sie könnte darin bis zu ihrem Lebensende leben. Wenn, ja wenn es das Schicksal anders gewollt hätte. Was war noch für ihren Weg vorbestimmt? Zurzeit fühlte sie dieselbe Angst und Unsicherheit wie an jenem Tag als sie am Fels- Grat hängte. Soll sie loslassen und so den freien Fall vollenden?

Oder gab es doch wieder zwei starke Arme die sie nach oben zogen und zwei blitzblaue Augen, die lachend sagten: „Nach unten ist der falsche Weg. Du kommst geradewegs in den Himmel oder in die Hölle."

Ach Paul, wo bist du?

Der Sonntag präsentierte sich mit einem
strahlenden Blau. Dieser Tag war wie geschaffen zum Genießen und einer ausgiebigen Spa-
zierfahrt mit dem Rad. Der Mur-Radweg, ihre
Lieblingsstrecke war wie geschaffen dafür.
Diesen Vormittag hatte sie für sich allein.
Nur die Natur war ihr Begleiter. Das leise
Gurgeln der Wasserstrudel erzählt vom weiten
Weg des Wassers bis ins Schwarze Meer. Ab und
zu unterbricht der Flügelschlag einer Wilden-
te die Stille, dann wieder das laute Krei-
schen einer Schar aufgeschreckter Vögel. Die
Burg Rabenstein ragt mächtig seit Jahrhun-
derten auf dem Fels, die Trutzburg vergangener Generationen. Von oben hatte man einen
weiten Späher-Blick ins Tal. Sah sie hinter
der Biegung einen Troll ins Gebüsch huschen?
Sie blieb stehen. Ganz langsam teilte sich
der Strauch und eine Rehgeiß trat hervor,
schaute sie kurz an und mit einem Sprung
hechtete sie über die Wiese Richtung Wald
nach oben. Ein prachtvolles Tier.

Sabine radelte weiter und machte kurz Rast
im Golfrestaurant. Eine Kaffeepause auf der
Terrasse durfte sie sich gönnen. Bei der Zu-
fahrt zur Anlage, gesäumt von riesigen alten
Laubbäumen, begegnete ihr im Geiste eine
Pferdekutsche. Das Flair vergangener Jahrhun-
derte prägt noch immer diese Gebäude. Es sind
umgebaute Stallungen. Der Kiesweg führt hin
zum Restaurant.

Ein imposantes Gebäude, ähnlich der Pfeifer-
Villa in Graz. Der frühe Vormittag ist ideal

für diesen Besuch. Denn die Golfer sind unterwegs. Ein wenig verloren kam sich Sabine in der Halle vor, so betrat sie die Terrasse und nahm an einem Ecktisch Platz. Von hier konnte man die Range und einen Teil des Platzes überblicken.

Einige Übende folgten brav den Anweisungen des Golflehrers um ihren Schwung zu verbessern. Es war sehr unterhaltsam zuzuschauen.

Trotzdem genoss Sabine in erster Linie die Ruhe und die wunderschöne Umgebung. Dieses herrliche Grün, die mächtigen alten Bäume, es war eine Wohltat für alle Sinne.

Der Kaffee hatte sie erfrischt und so radelte sie munter weiter Richtung Süden. Von weitem sah sie den Kirchberg mit der St.Martins - Kirche. Einige Zeit darauf fuhr sie beim Freilicht-Museum Kleinstübing vorbei. Sie wollte es bis nach Judendorf-Straßengel schaffen. Die gotische Kirche war sehenswert, auch wenn der Aufstieg auf den Berg für sie schwierig war. Es war insgesamt nicht so weit, aber sie war nicht fit genug, also war diese Strecke für heute ausreichend. Der Weg zurück musste noch eingeplant sein, und da ging es ein wenig bergauf.

Dieser war dann auch mühsamer, als sie dachte, sie hatte ihre Kondition doch überschätzt.

Zu Hause angekommen, gönnte sie sich eine ausgiebige Dusche und dann nichts wie ab ins Bett mit einem Buch als Bettgenossen.

Der Montag konnte kommen!

Der erste Weg führte sie wieder zu Herrn Reiter dem ungeliebten Bankmenschen. Sie wurde nicht sofort zu ihm ins Büro gelassen, also wartete sie ein wenig nervös neben der Kassiererin.

Endlich durfte sie eintreten. „Guten Morgen, Herr Reiter, Sie wollten mit mir noch einiges besprechen?"

Dieser antwortete sehr frostig. „Guten Tag, bitte nehmen Sie Platz." Er blätterte im Ordner, schaute sie an und sagte:

„Ich sehe, dass Ihre Wohnung schon zu einem gewissen Betrag ersteigert wurde. Es bleibt nun ein ganz kleiner Minus-Betrag auf ihrem Konto, der uns nicht so sehr schmerzt, wie der bisherige Minusstand. Aber Sie müssen bis kommenden Montag die Wohnung geräumt haben."

Er sagte diese Worte so lässig und leicht, als ob er den Wetterbericht der kommenden Woche verkündete. Aus- das war ihr Todes-Urteil. Sie hatte umsonst gekämpft.

Sie stand auf, ohne ein Wort zu sagen und verließ das Bankhaus.

Zu Hause packte sie eine Reisetasche und einen Rucksack mit ihren wichtigsten Dokumen-

ten und Erinnerungsbildern, einige Kleidungs-
stücke und warme Jacke, obwohl es Sommer war.
Als sie die Tür schloss und schmerzerfüllt
ihre geliebte Wohnung verließ wusste sie, sie
würde nie mehr zurückkehren.

21. Kapitel

Sie setzte sich auf ihr Fahrrad und fuhr
planlos einfach Richtung Süden. Wofür hatte
sie gekämpft, wenn sie trotz allem auf der
Straße landete? Warum hat sie ihrem Ex so
sang und klanglos den Weg frei gemacht? Nur
in der falschen Hoffnung, dass sie mit ihrer
Tüchtigkeit allein gehen konnte. Ehrliche Arbeit war nicht mehr gefragt in der heutigen
Gesellschaft. Jetzt, weil sie keine Bank-
Konto-Nummer und auch keine Wohnadresse mehr
vorweisen konnte, würde sie nie mehr Arbeit
finden. Wenn sie früher immer auf diesem Weg
mit dem Fahrrad unterwegs war, genoss sie die

Natur. Aber heute hatte sie genauso panisch die Flucht ergriffen, wie vor eineinhalb Jahren das Haus ihres Exgatten. Sie wusste nicht wohin, sie war unterwegs ohne Ziel. Sie kam langsam der Stadt Graz näher. Was sollte sie in der Stadt? Das Beste wäre, wenn sie sich irgendwo eine Gartenhütte suchte. Sie muss eine einsame Gegend wählen. Vielleicht war der geeignete Platz zum Übernachten, in der Gegend um den Schöckel zu finden. Heute war sie schon zu müde, um noch den Berg zu bezwingen. Aber, als sie einige kehren hinauf keuchte, sah sie am Waldrand eine alte Heuhütte. Eine Flasche Wasser hatte sie immer im Rucksack dabei und einen Schokoriegel fand sie im letzten Winkel der Tasche. Die alte Holztür des Schuppens war nicht verschlossen. Dieser war offensichtlich schon längere Zeit nicht mehr genutzt worden. Er war leer, außer ein paar alten Heubündel-Resten. In der hinteren Ecke lag eine Holzpalette. Diese wählte sie als Schlafplatz. Den warmen Anorak konnte sie als Decke verwenden. Obwohl es erst früher Abend war, legte sie sich hin und fiel auch sogleich in einen traumlosen Schlaf. Als sie um ein Uhr nachts wach wurde, fröstelte sie. Sie hatte sich im Schlaf abgedeckt. Der ganze Körper schmerzte vom harten Lager. Sie zog die Jacke an, und schaute vorsichtig zwischen den Holzfugen hinaus und setzte sich vor die Hütte. Ein paar hundert Meter entfernt war die Straße. Morgen wird sie ein paar Flaschen Wasser besorgen. Sie hatte keinen Plan und kein Ziel. Ein paar Nächte wollte sie im Schuppen bleiben. Aber wie sollte

es weiter gehen? An den Winter wollte sie
nicht denken, und wenn sie irgendjemand ent-
deckte, konnte sie wegen Besitzstörung be-
langt werden. Leider hatte sie nicht den Mut
und die Entschlossenheit, einfach in den Süden, irgendwohin ins Unbekannte zu radeln.
Einen Kauz hörte sie ganz in der Nähe rufen
und gleichzeitig gab die Wolke den Mond frei
und er erleuchtete die Wiese vor ihr. Etwas
Buschiges huschte am Waldrand entlang. Sie
erkannte einen Fuchs, der sicher auf Beute-
Suche in seinem Revier war. Eine schöne inte-
ressante Nacht mitten in der Natur, wenn sie
nicht heimatlos wäre. Lange noch kauerte sie
vor der Hütte und schaute in den Nachthimmel.
Sie grübelte und kam zu keinem Ergebnis.

Sie schreckte durch ein lautes Rattern auf.
Sie war vor der Hütte in der Hockstellung
eingeschlafen. Jetzt schmerzte nicht nur die
Wirbelsäule sondern auch der Kopf. Der Wie-
senhang glänzte taufrisch rein und grün. In
der Straßenkurve unten sah sie den Traktor.
Der hatte sie aufgeweckt und das war gut so,
denn sie durfte nicht gesehen werden. Sie zog
sich rasch in den Schutz der Hütte zurück.
Einige Minuten wartete sie, dann beschloss
sie einen Supermarkt zu suchen, um etwas Essbares für die nächsten Tage zu besorgen. Gesagt, getan, sie brauchte nur ca. 8 km bis
zum nächsten Supermarkt. Bergab war das ein
Kinderspiel. Aber sie wollte ja zurück zu ihrer Zuflucht-Hütte. Da ging es bergauf und

das war mühselig. Vollbepackt mit Wasserfla-
schen und Lebensmitteln. Die steilen Ab-
schnitte schob sie das Rad. Also richtete sie
sich für die nächsten Tage in ihrer Unterkunft ein wenig häuslich ein. Sie wagte kurze
Ausflüge in den nahen Wald und entdeckte zwischen Schwarzbeeren-Gestrüpp sogar eine win-
zige Quelle. Die konnte sie zur Körperpflege
und als Trinkwasser-Reserve nützen.

Sie hatte sechs Tage in ihrer Unterkunft zugebracht, das Wetter war bisher gnädig mild
gewesen. Aber im Südwesten baute sich eine
Schlechtwetterfront auf.

Sie besorgte vom Supermarkt noch schnell Vor-
räte für ein paar Tage und auch die Wochen-
end-Zeitung. Da stand in der Schlagzeile RÄT-
SELHAFTES VERSCHWINDEN EINER FRAU Selbstmord
befürchtet.

Als sie „ihre" Hütte erreichte und endlich
Zeit fand, die Zeitung genauer zu studieren,
las sie ihre eigene Schlagzeile.

Da stand, dass ein Selbstmord von Frau Sabine
H. zu befürchten sei. Die Wohnung hätte sie
unversperrt verlassen und wurde seit fast einer Woche nicht mehr gesehen. Weil die Wohnung der arbeitslosen Frau H. veräußert wurde, befürchte man das Schlimmste. Sie war
jetzt nicht nur heimatlos, sondern auch
nackt. Denn man hatte ihre intimsten Probleme
in die Öffentlichkeit gezerrt. Die Tränen
flossen über ihr Gesicht und sie wollte ihren

Schmerz hinausschreien. Draußen hörte sie auch ein Rauschen, es regnete in Strömen.

Sie öffnete die Flasche Rotwein, die sie auch beim Supermarkt gekauft hatte. Eigentlich sollte diese am Sonntag geöffnet werden. Aber die Umstände verlangten eine Betäubung.

Die kommenden Tage regnete es und es wollte nicht aufhören. Vom Schuppendach tropfte es in ihre Behausung. Mit einer leeren Flasche versuchte sie notdürftig das Regenwasser aufzufangen. Es wurde richtig ungemütlich. Ihr Körper war schon ausgezehrt und entkräftet. Eine letzte Mineralwasserflasche war noch ihr Vorrat. Sie hatte während der vergangenen Tage gegrübelt und hin und her überlegt. Im ersten Schock ihrer Obdachlosigkeit flüchtete sie in die Einsamkeit der Natur. Das war keine Dauerlösung. Es nieselte nur mehr leicht und sie war gezwungen, ihre Behausung wieder zu verlassen. Sie hörte im nahen Wald Motorsägen. Waldarbeiter taten ihre Arbeit, das bedeutete, dass ihr Versteck bald entdeckt würde. Ihre Kleidung hatte sie durch den Trainingsanzug ersetzt. Sie war auch nicht schmutzig denn sie hatte sich im Wald bei der Quelle immer gewaschen und so eine Kneippdusche genossen. Sie war leider gezwungen, ihre Natur-Behausung zu verlassen. Ohne richtiges Ziel, ohne zu wissen wie sie weiter leben konnte, ohne Arbeit und Quartier radelte sie

in Richtung Stadt. Als sie beim Schild
Hilmteich vorbei fuhr, zuckte sie zusammen.
Eine Pause am Teich wird sie machen. Erinne-
rungen kamen auf. Diese freundliche Frau
Pfeifer und Hanni. Deren Lebensmotto war: Positive Gedanken zu schicken, dann käme es
auch zurück. Wenn das so einfach wäre in ihrer Situation.

Sie setzte sich auf eine Bank. Die Sonne hatte die Regenwolken verdrängt. Und es wagten
schon einige Spaziergänger eine Runde um den
Teich. Zwei Frauen, walkten mit ihren Stöcken
ganz flott über den Waldweg. Als sie bei Sabine vorbei kamen, blieb die eine plötzlich
stehen und sagte.

22. Kapitel

„Sie, Frau Sabine? Sind Sie es wirklich?"
Diese blickte direkt in die Augen von Frau
Ottilie Pfeifer. Der erste Gedanke von Sabine
war Flucht. Aber sie war so erschöpft von den
letzten zwei Wochen, dass sie wie angewurzelt
sitzen blieb. Sie hatte Frau Pfeifer ohne ihr
Trachten-Outfit nicht erkannt.

„Grüß Gott, Frau Pfeifer, Sie sind ja schon
wieder recht fit unterwegs." Diese setzte
sich neben Sabine und verabschiedete sich
rasch von ihrer Walking-Partnerin sagte.

„Also Frau Sabine, heute sind Sie mir noch
eine Tea-Time und auch eine Erklärung schuldig, weshalb Sie sich bei mir nicht mehr gemeldet haben. Ihr Gehalt liegt auch noch bei
mir im Safe."

Das war wieder eine Schicksalsbegegnung.

Frau Pfeifer bestand darauf, dass Sabine sofort mit ihr zu ihrem Anwesen ging.

Gemeinsam genossen sie ein gutes Frühstück.

Anschließend bat sie Sabine in ihr Arbeits-
zimmer.

Frau Pfeifer sagte: „Setzen Sie sich Frau Sabine, ich habe einige Neuigkeiten. Aber erzählen Sie zuerst. Wie war es bei Gericht. Hat Ihre Zeugenaussage etwas bewirkt?"

„Frau Pfeifer, ich danke, dass Sie so viel Verständnis aufbringen. Eigentlich war es ganz sinnlos, dass ich aussagen musste. Ich war ja wirklich ahnungslos. Und ich glaube auch Herr Casetta wurde nur raffiniert als Lastenträger benutzt. Aber trotzdem will ich keinen Kontakt mehr mit diesem Herrn Casetta. Dieser Mann hat ein zu gefährliches Umfeld. Trotz meiner riskanten Begleit-Dienste kann ich meine Wohnung ja nicht behalten. Diese lange Zeit ohne feste Arbeit hat mich ruiniert. Jetzt stehe ich auf der Straße."

War es die warmherzige Ausstrahlung dieser Frau Pfeifer, dass Sabine den Mut aufbrachte, ihre ganzes Herz auszuschütten?

Frau Pfeifer saß ihr in einem bequemen Ohrensessel gegenüber. Wie immer, bekleidet mit einer Trachtenbluse und dazu passenden Rock. Sie hörte Sabine aufmerksam zu, bis sie antwortete:

„Frau Sabine, verzweifeln Sie nicht, es gibt immer einen Ausweg. Ich habe am Freitag meinen Steuerberater kontaktiert. Ich werde Sie als meine Hausdame einstellen, so sind Sie versichert.

Da fällt mir ein, auf der Rückseite der Villa neben dem Ausgang zum Wintergarten stehen zwei Räume leer. Sie waren früher die Wohnräume für das Kindermädchen. Ich biete Ihnen freie Kost und Quartier, dafür erhalten Sie nur einen Lohn unter der Geringfügigkeitsgrenze. Das kann ich Ihnen bar zahlen. So wäre Ihnen und mir geholfen."

Sabine konnte es nicht glauben. Das wäre zu schön, um wahr zu sein.

„Gnädige Frau, das wäre ja ein Traum. Allerdings,.. „ sie wurde schon wieder mutlos.

„Was ist denn, Kindchen?"

„Ich habe Ihnen ja gesagt, dass ich demnächst einen Umschulungskurs als Altenpflegerin machen darf. Deshalb kann ich Ihr großzügiges Angebot nicht annehmen."

Frau Pfeifer antwortete: „Gerade deshalb brauchen wir uns gegenseitig. Das ist doch super, wenn ich eine geschulte Kraft im Hause habe. Sie sehen ja, ich werde auch nicht jünger. Meine Kinder sind zu sehr beschäftigt mit ihren eigenen Familien und auch ihren Geschäften um sich um meine Belange zu kümmern."

Der Fallschirm, geleitet von Frau Pfeifer, hatte den freien Fall von Sabine im letzten Moment vor dem Aufprall auf hartem Boden gestoppt.

Sie glaubte zu schweben, so glücklich war sie. Die nächsten Tage waren ausgefüllt mit dem Packen ihrer persönlichen Sachen. Sie scheute auch nicht mehr den Weg zur Bank, obwohl ihr dabei doch ein wenig die Galle schmerzte vor Übelkeit.

Sie fügte sich und unterfertigte noch die letzten notwendigen Schriftstücke.

Aber einen letzten Triumpf musste sie noch auskosten. Sie beglich den letzten Rest ihres Minus-Standes und löste ihr Konto bei ihrer Hausbank auf.

Sie war am Boden angelangt. Aber sie war nicht zerbrochen.

Jedes Ende verbirgt einen Anfang. Ihre Freundin Sofie und auch deren Mann halfen beim Umzug nach Graz. Hanni war eine große Hilfe beim Einrichten der zwei Zimmer, die nun ihr persönliches Reich waren.

Die Arbeit in der Villa mit Hanni, war auch sehr unterhaltsam. Die hatte immer einen Spaß parat. Die Villa war so riesengroß, und obwohl, bis auf die Räumlichkeiten von Frau Pfeifer leer stehend, war doch immer was zu putzen. Außerdem wurde Sabine die Küche zugeteilt.

Später, als sie täglich zur Schule fuhr, musste sie nur am Wochenende das Frühstück richten und das Mittagessen für ihre Chefin.

So war das erste Jahr ihres Umschulungskurses rasch vergangen. Im schulfreien Sommer wollte Frau Pfeifer mit Sabine nach Salzburg zu ihrem Landgut fahren.

„Sabine, ich freue mich, wieder einmal mein Heimat-Haus zu bewohnen. Seit mein Mann tot ist, war ich nicht mehr dort. Die Fahrt mit dem Zug war mir zu mühsam."

„Gnädige Frau, es ist schön, weil ich Sie begleiten darf, und mit dem Auto ist es doch sehr bequem, nicht wahr?" Sabine lenkte das Auto, das schon seit längerem in der Grazer Garage auf den Ausflug gewartet hatte. Es war ein alter Mercedes, etwas behäbig, fast ein Oldtimer, aber gut gepflegt und deshalb leicht zu fahren.

Das Heimathaus von Frau Pfeifer war ein großes Landgut, ein traumhafter Anblick. Die Fassade und auch die Fensterläden, und Holzverzierungen an den Balkonen und Eingangstüren zeugten von der Kunst vergangener Generationen

Leider sah man von der Nähe dem Gebäude an, dass es unbewohnt ist.

„Dieses wunderschöne Anwesen müsste belebt werden, sagte Sabine."

„Das habe ich auch vor, Sabine", antwortete die Besitzerin.

Weil die Innenräume mit Holz vertäfelt waren, wirkte alles sehr gemütlich und Sabine beschlagnahmte gleich die Küche und zauberte ein schnelles Gericht. Sie hatten ja einiges an Proviant aus Graz mitgenommen.

Anschließend tranken beide ein Glas Wein. Frau Pfeifer sagte: „Sabine, morgen ist auch ein Tag, dann wird erst ausgepackt, heute machen wir es uns gemütlich."

So plauderten beide. Meistens Frau Pfeifer, und nach einiger Zeit sagte sie.

„Ich habe vor, demnächst eine Familien-Konferenz einzuberufen, sobald wir wieder in Graz sind. Ich werde veranlassen, dass die Villa in Graz verkauft wird. Sie gehört mir nicht allein. Sie ist Teil einer Stiftung. Aber sie ist viel zu groß. Könnten Sie sich vorstellen, hier im Salzburger Gut zu arbeiten?"

„Es ist ja traumhaft hier, aber ich muss noch zwei Jahre zur Schule. Erst dann bin ich eine geprüfte Altenpflegerin, " antwortet diese.

„Ach, Sabine, alles hat seine Zeit. Ich müsste erst einen ausgiebigen Umbau des Anwesens veranlassen, da können wir ja von Glück reden, wenn das innerhalb dieser Zeit von den Architekten Handwerkern und den Behörden erledigt wird."

„Hier ist es sehr schön, was wollen Sie denn umbauen?"

„Ich hab eine Vision. Ich will eine Oase für ältere einsame Menschen schaffen. Ich werde beim rückseitigen Teil des Anwesens, behindertengerechte Wohneinheiten anbauen. Nur vier oder fünf ganz moderne Wohn-Einheiten. Der vordere Teil wäre noch immer der denkmalträchtige Teil. Eine Freundin aus der Stadt Wien würde sofort hierher ziehen. Sie liebt Blumen. Ihre Aufgabe Sabine wäre, uns alle mit ihrem guten Essen und Gesellschaft zu versorgen. Sie sind dann sogar geprüfte Altenpflegerin."

„Das klingt alles so phantastisch, Ich muss das zuerst überschlafen. Werden Träume wirklich wahr?"

Und Träume wurden Wirklichkeit.

Wenn Mücken fliegen Ende

In einem Landhaus in der Nähe von Salzburg werden die Fenster geöffnet um den Sonnenschein einzulassen. Der Frühstückstisch ist gedeckt mit allerlei Köstlichkeiten. Selbst gebackener Kuchen und Brot, Marmeladen und Butter. Der Kaffee duftet. Der Raum ist weitläufig und behaglich mit Holzmöbeln eingerichtet. Behindertengerecht. Sabine Kaiser wollte gerade nachschauen, ob ihre Mitbewohner noch schliefen. Denn dass diese nicht als erste den Tag begrüßen war ungewöhnlich.

„Schönen guten Morgen und alles Gute zum 45. Geburtstag." Tönt es aus vierstimmigen Kehlen.

 Frau Maria, Beamtenwitwe, die Blumen liebt, kommt als erste zu Sabine mit einem Strauß Tulpen. Sie ist die Mitbewohnerin mit dem grünen Daumen. Durch ihre Hilfe und Betreuung

gab es rund um das Haus jeden Sommer eine
Blütenpracht.

Gleich dahinter Herr Walter mit dem Roll-
stuhl. Er wurde nach einem Unfall gehbehin-
dert, konnte aber die Grundversorgung wie Wa-
schen etc. alleine verrichten.

Dann trat Herr Johann mit Gehstock und Blin-
denbrille vorsichtig auf Sabine zu und sagte:

„Im Namen aller Bewohner des Hauses Alpenblick wünsche ich herzlichst gute Gesundheit.
Wir alle hoffen, dass wir noch lange Ihre gute Küche und Betreuung in diesem wunderschönen Anwesen von Frau Ottilie Pfeifer bean-
spruchen können."

Als Letzte schritt Frau Ottilie Pfeifer, die
Besitzerin des Hauses auf Sabine zu. Die
kleine vornehme Dame des Hauses, wie immer im
Trachten-Kostüm. Sie drückte Sabine ein kleines Päckchen in der Hand, (sicherlich ein
teures Parfüm). „Das Beste ist gerade gut
genug für uns Frauen", waren ihre Worte.

Sabine Kaiser ist gerührt. Ihre Mitbewohner,
vier einsame ältere Herrschaften, die sie mit
Liebe betreute und bekochte, Diese Menschen,
und vor allem ihre Chefin, Frau Ottilie Pfeifer und auch Paul hatten sie gerettet. Ihr
Leben hat wieder Sinn und sie freute sich auf
jeden Tag.

Alle fünf genossen das herrliche Frühstück.

Ihr lieber Paul war schon um Mitternacht auf-
gebrochen Er hatte wieder einen Auftrag für
einen Naturfilm. Um die Tiere zu filmen, be-
darf es einer besonderen Geduld und Ausdau-
er. Man muss sich der Natur anpassen. Geduld
ist auch einer der liebenswerten Charakterei-
genschaften ihres Lebenspartners. Nie hätte
sie geglaubt, dass sie noch einmal so glücklich und zufrieden sein konnte. Vor vier Jahren fiel sie, und der freie Fall nach unten
gerat außer Kontrolle, sie war nahe am Zerbrechen.

Doch dann rettete sie ihr Paul, leider verlor sie ihn wieder. Das Schicksal wollte es
aber, dass sich beide zufällig in der Salzburger Innenstadt wieder trafen.

Mit dem Projekt von Frau Ottilie Pfeifer erhielt Sabine eine neue Lebensaufgabe, Arbeit
und ein Zuhause. Das Haus Alpenblick mit viel
Platz für einsame alte Menschen.

Sabine erinnerte sich. Wie hatte sie sich damals gesträubt und wollte den Umschulungskurs

Altenpflege und Behindertenbetreuung nicht
machen. Sie dachte ihr berufliches Glück sei
im Geldgeschäft Und jetzt weiß sie, das größ-
te Glück und Geschenk das man gibt ist Zeit.
Ihre bunt zusammengewürfelten Menschen sind
dankbar für die Aufmerksamkeit, die sie
ihnen entgegenbringt.

Fangen wir an bei Ottilie Pfeifer. Ihr gehört
das Anwesen. Sie ist die begüterte Unterneh-
merwitwe des Lebensmittelkonzerns. Sabine
hatte ihr vor drei Jahren in Bruck die Koffer in den Zug gehoben und ihr so Aufmerksamkeit und Hilfe geschenkt. Das Schicksal
führte die beiden Frauen wieder zusammen, bevor Sabine fast zerbrach.

Frau Maria Müller, die Beamtenwitwe, verein-
samte in der Großstadt Wien. Jeden Tag in den
Park zu gehen, war doch nicht lebensfüllend.
So kam sie über die Bekanntschaft von Ottilie
ins Haus. Hier hatte sie eine Aufgabe, Blumen
zu betreuen. Daraus wurde ein wahrer Garten
Eden zur Freude aller Bewohner des Hauses Alpenblick.

Herr Johann, der sehbehinderte Mann war für
Kultur zuständig. Einst, vor seiner Erblin-
dung in einem großen Orchester beschäftigt,
trat er in allen namhaften Häusern der Welt
auf. Er besorgte via Internet Karten für
verschiedene Kultur-Abende. Sie hatten auch

gemeinsam eine Vorstellung des Jedermann in Salzburg durch seine Initiative besucht.

Herr Walter, der Jüngste unter den Bewohnern war das EDV-Genie. Er half Paul bei der Verarbeitung seiner Naturfilme.

So hatte jeder von den Bewohnern eine Aufgabe.

Jeder verfügte über ein großes Appartement als sein eigenes Rückzuggebiet.

Diese Wohnungen stellte Frau Ottilie zum Selbstkostenpreis frei. Das war das Credo ihrer privaten Stiftung.

Sabine sorgte für das Wohlbefinden der Bewohner. Sie kochte täglich frische leichte Menüs. Für Putzen und Wäsche hatte sie eine Hilfe aus dem Ort, die täglich halbtags kam. Beide sind die Angestellten von Frau Ottilie Pfeifers Stiftung-Haus „Alpenblick".

Nicht vergessen darf man, dass auch Paul mit seiner Liebe Sabine wieder neuen Lebensmut geschenkt hat. Er hatte sie vor dem freien Fall vom Felsabhang gerettet. Dann trennten sich ihre Wege bis sie sich wieder zufällig in der Stadt Salzburg begegneten.

Jetzt wohnt er auch im Hause Alpenblick, wenn er nicht wegen seiner Filmaufnahmen, er ist Naturfilmer, in den Bergen unterwegs ist.

Zu Mittag kam Paul nach Hause. Sabine konnte nicht genug kriegen, ihm in seine blitzblauen lachenden Augen zu schauen.

„So, mein gefallenes Mädel, für morgen nimmst du dir nichts vor. Wir feiern deinen Geburtstag und unsere Zukunft, lass dich überraschen."

Herstellung und Verlag:
BoD - Books on Demand, Norderstedt
ISBN 978-3-7519-0304-2